JN072575

身代わり婚約者なのに、銀狼陛下がどうしても離してくれません！3

くりたかのこ

B's-LOG BUNKO

ビーズログ文庫

イラスト／くまの柚子

Contents

身代わり婚約者なのに、銀狼陛下がどうしても離してくれません！
Characters
アイリ・ベルンシュタイン
ベルンシュタイン伯爵家の養女。長女であるがゆえに責任感が強く、世話を焼いてしまう性格。なぜか昔から動物に好かれやすい。
ギルハルト・ヴェーアヴォルフ
人狼の血を引き、周囲から『銀狼王』と称される若き国王。思慮深く聡明な美丈夫だが、実は誰にも言えない秘密があるようで……？

アルフリード・イェルク

国境騎士団の騎士団長。
ユリアンの兄だが、
対照的にいかにも武人
といった武骨な印象。

エーファ

王宮でアイリの
世話係を務める侍女。
明るく物腰柔らかで、
アイリを優しく支える。

サイラス・レッチェ

首席近侍長。
常に無表情のため、
何を考えているか分かり
にくい。ギルハルトとは
学生時代からの友人。

ニコラウス・クヴェレ

王領地の
管理を任せている
クヴェレ公爵の息子。
病に伏せる父の
名代として
領地を治めている。

???

賢者の森で出会った
謎の人物。誰かに似ている
気がするが……?

ユリアン・イェルク

国境騎士団団長の補佐官。
中性的な美男子で、
エーファ曰く"ちゃらい"。

——序・元・身代わり婚約者の幸せな日常

ルプス国の王宮には、大厩舎《きゅうしゃ》、そこで育てた馬を訓練するための広大な馬場がある。日々熱心に乗馬の稽古《けいこ》にいそしむのは、宮廷《きゅうてい》に仕《つか》える銀狼騎士《ぎんろうきし》団だ。たくましくも麗《うるわ》しい彼らの中に、ひとりだけ令嬢《れいじょう》が颯爽《さっそう》と馬を駆《か》けさせる姿があった。

いきいきとした走りぶりは令嬢にあるまじき俊足《しゅんそく》で、騎士の誰《だれ》もが追いつけない。

彼女の名は、アイリ・ベルンシュタイン。ルプス国の若き王の婚約《こんやく》者であり月の聖女と呼ばれている貴族令嬢だ。

蒼天《そうてん》の空は抜《ぬ》けるようで、吹《ふ》き抜けていく風がなんとも心地《ここち》いい。与《あた》えられたばかりの白い毛並みも美しい牝馬《ひんば》に乗ったアイリが馬場を走り回っていると。

「アイリ！」

名を呼ぶ美声に振《ふ》り向《む》けば、乗馬服に包んだ体軀《たいく》も見事な青年が、黒馬をこちらに歩ませて近づいてくる。美貌《びぼう》におだやかな笑《え》みをたたえている彼こそは。

「ギルハルト……！」

銀狼陛下《へいか》とあだなされる、ルプス国王ギルハルト・ヴェーアヴォルフそのひとだった。

ギルハルトは多忙《たぼう》な中、アイリと共に過ごす時間を増やすと約束し、その約束の通り、こうして週に一度は乗馬の稽古を共にするようになっていた。

ふたりで乗馬を楽しむ心づもりのアイリは、またやってしまった、と内心反省する。

自由に馬を走らせることがあまりにも楽しくて、気づけば全力で駆けてしまうのだ。しかし、そんなアイリに対してギルハルトは不満を漏《も》らすどころか、感嘆《かんたん》の声を上げた。

「たいしたものだな。まだ数えるほどしか稽古していないというのに、回を重ねるたび、着実に腕《うで》を上げていて……やはり、アイリには乗馬の才能があるようだ」

「『たいしたもの』なのは、私ではなくて、このシラユキが賢《かしこ》いからなんですよ」

アイリが首を撫《な》ぜるシラユキと名付けたこの白馬は、アイリの命《めい》に忠実に、それでいて場面に合わせて適切な走りをしてくれる。聡明《そうめい》で頼《たの》もしい馬なのだ。

「馬は賢いからこそ、思い通りに動くとは限らんぞ」

実際、シラユキの性格は気難しく、なかなか騎士たちに懐《なつ》こうとしなかったらしい。

しかしアイリと対面したとたん、新たな主《あるじ》を気に入りさっそく背に乗せたがり、世話をしてきた馬丁《ばてい》も、馬場に集《つど》う騎士もみなを一様に驚《おどろ》かせたものだ。

「アイリは本当に動物に好かれるんだな」

ギルハルトの言う通り、アイリは昔から、なぜだか動物に強烈《きょうれつ》に好かれる性質を持つ。

すぐに懐いたシラユキも例外ではなく、怖《こわ》いくらいに言うことをよく聞いてくれるのだ。まるで、こちらの言葉を一字一句理解しているかのように。

「馬に愛されているのはもちろん、アイリには令嬢らしからぬ体力がある。それも乗馬上達の好条件となったんだろう」

なにせ実家では養い親に冷遇《れいぐう》され、家事に雑事になんでもこなさざるを得なかった身の上だ。おかげでアイリ自身、令嬢にしてはかなりの体力があることを自負している。

とはいえ、妹の身代わり婚約者だった自分が、正式な王の婚約者として王宮に上がるのはおろか、『令嬢らしからぬ体力』がこうして役に立つ日が来るとは。

実家にいた頃《ころ》の生活からかけ離《はな》れているほどに、ギルハルトや彼に仕える宮廷人、そして、城に勤める者たちから大事にされているのを日々、実感する。

大事にされているとわかってはいても、これまでがこれまでだっただけに他者から褒《ほ》められ慣れていないアイリには過分に思えてならない。

恥《は》じらいに下を向く婚約者の表情に対して、優《やさ》しく笑みをこぼしたギルハルトは、乗馬用の手袋《てぶくろ》をはめた手を伸《の》ばした。同じく手袋のはめられたアイリの手に愛情深く触《ふ》れる。

「アイリが本気で馬を走らせると、銀狼騎士も形無しだ。俺の妃《きさき》は豪胆《ごうたん》だと知ってはいたが、あれだけの速度に臆《おく》さないのだから恐《おそ》れ入《い》る。なのに、どうしてそんな顔をする？」

「騎士のみなさんは、お仕事で乗馬の訓練をなさっているのに、私は馬に乗って、ただ楽しむばかりなので……」

「おまえが楽しいのならば、それ以上のことはない」

「みなさんのお邪魔《じゃま》になっていなければと、そればかりが心配で」

実家で使用人のごとくこき使われ続け、家のために殉《じゅん》じるのだと刷《す》り込まれ続けて育ったアイリには、自分の楽しみのため王宮の施設《しせつ》を使用することに罪悪感がぬぐえない。

さらに銀狼騎士団は、馬を自らの脚《あし》のごとく自在に操《あやつ》る機動力を自慢《じまん》にしている。そのお鉢《はち》を奪《うば》ってしまったことに小さくなっていると、ギルハルトは快活に笑った。

「安心しろ。レディに対して嫉妬《しっと》する者など、俺の騎士にはただのひとりもいやしない。アイリが楽しそうにしていると俺も嬉《うれ》しいんだよ。おまえが悲しい顔をしていると、俺も悲しい。だから、そんなふうに萎縮《いしゅく》をしてくれるな」

ギルハルトと一緒《いっしょ》に過ごしていれば、大事にされている、とこんなふうに何度でも実感するのだ。王宮に来てからというもの、アイリは心から幸せなのだった。

「はい」

ほほえみと共にうなずき返すと、ギルハルトもまた笑みを深めて、「それにしても」と眉《まゆ》を持ち上げた。

「アイリは愛らしいドレス姿もよく似合っているが、そういう活動的な衣装《いしょう》もよく似合う。実にかわいらしい」

特別にあつらえてもらった乗馬服を身にまとうアイリは、先日、生まれて初めてキュロットというものを穿《は》いた。

乗馬コートで膝《ひざ》まで隠《かく》れるとはいえ、脚の線がぴったりと出る衣装を穿くのに最初は抵《てい》抗《こう》を覚えたアイリであるが、驚くほど動きやすいキュロットを今ではすっかり気に入った。

機能性もさることながら、王都の一流職人によるスリムでいて可憐《かれん》なデザインは洗練されていて、彼女のほっそりとした脚にすばらしく似合っている。

「ありがとうございます。ギルハルトも、今日もとっても素敵《すてき》ですね」

「ありがとう。おまえにそう言われると、素直《すなお》に嬉しいものだ」

麗しの銀狼陛下もアイリ同様、乗馬服に身を包んでいる。

ギルハルトの銀髪《ぎんぱつ》は、白もまぶしい乗馬ジャケットに映《は》え、日の光を透《す》かしてきらめいている。頑健《がんけん》な肉体を持ちながらも武骨な印象よりも優雅《ゆうが》さをたたえているのは、見事に背筋の伸びた美しい姿勢ゆえか。

馬上の姿もまた気高《けだか》く、惚《ほ》れ惚《ぼ》れしてしまう。

そんな王陛下と、その婚約者のむつまじい姿を、銀狼騎士たちはおだやかに見守っていた。

ギルハルトの言う通り、彼らの中にアイリに対して嫉妬のまなざしを向ける者などひとりもおらず、ほほえましく言葉を交《か》わし合う。

「見てみろ。アイリ様が、あんなに笑っておられるぞ」

「ああ。アイリ様——いや、妃殿下《ひでんか》は、王宮にいらしたばかりの頃、よるべのない不安そうなお顔をなさっていて……どうなることかと案じていたが」

「日に日に、いきいきとなさって美しさを増しておられるな」

やがて馬場のあちこちで遊んでいた馬たちは、続々と、アイリの後について走り始めた。命じられてもいないのに——。

そのさまに、驚いた騎士の中のひとりが感嘆を漏らした。

「おお、なんという神々《こうごう》しい光景だ……！」

「妃殿下が『月の聖女』と呼ばれるのも無理からぬことだな」

周りの騎士たちも、同意にうなずく。

アイリ・ベルンシュタインが訪《おとず》れるまでのギルハルトは、王として泰然《たいぜん》とした姿を宮廷で示しながらも、いつもどこかが張りつめていた。

こうして月の聖女と呼ばれる婚約者と過ごす今、表情は柔《やわ》らかくリラックスしている。

一目で、主君が幸せであるとわかるくらいに。

「アイリ様がいらして、本当によかった」

騎士たちは、ほのぼのとうなずき合う。

「ところで」

と、騎士のひとりが晴《は》れ渡《わた》った天空を指さした。

「前々から思っていたのだが……あの鳥は、いったいなんなんだ？」

空からアイリの肩《かた》へと、ひらりと舞《ま》い降《お》りた真っ白いフクロウ。

ふっくりとした猛禽《もうきん》は、恐れ知らずにも銀狼王と険悪ににらみ合っている。

尊ぶべき主君と、謎《なぞ》の鳥。

両者に挟《はさ》まれた何もないはずの空間に、バチバチと激しく飛び散る火花が騎士たちの目には幻視《げんし》されるのだった。

1. 銀狼陛下にはライバルが多い

騎士《きし》に指さされた白いフクロウ――通称《つうしょう》シロが、馬上のアイリの肩《かた》に乗る。

金色のまんまるな瞳《ひとみ》も愛らしいその鳥は、大きさの割に不思議に重さを感じさせない。やわらかな羽根が頬《ほお》をなぜて、そのくすぐったさにアイリは笑《え》みをこぼし優《やさ》しく言った。

「シロ、今はお菓子《かし》を持っていないから。また後でね」

ギルハルトの異母弟《いぼてい》から譲《ゆず》り受け（押しつけられ？）てからというもの、この鳥は王城内に居つき、アイリについて回っている。

来たばかりの頃《ころ》は庭園を散策してまわっていた彼は、それに飽《あ》いたのか、ついに王宮内にまで入り込み、どれだけ使用人が追い払《はら》おうともどこ吹《ふ》く風だ。

そればかりかアイリの作る菓子をいたく気に入り、たびたびねだってくる始末で。

「……図太い鳥だな」

アイリの肩に居座《いすわ》り続けるシロに対して、ギルハルトは鋭《するど》い視線を向ける。

「この鳥、夜にはアイリの自室で眠《ねむ》っているんだろう」

「はい。この子、夜行性のはずなんですけど……私に合わせてくれてるのかもしれません」

「ふん。婚約者《こんやく》の俺ですら、アイリとはたったの一度しか同衾《どうきん》したことがないというのに」

ギルハルトの独《ひと》り言めいたぼやきが聞こえて、アイリは赤面する。

王宮を訪《おとず》れた初日、彼のたくましい腕《うで》に抱《だ》きしめられて一晩明かしたことが脳裏《のうり》によみがえり、胸がドキドキと騒《さわ》ぎ出す。

ギルハルトがアイリと過ごす時間を増やす、と宣言してからというもの、こうして乗馬や読書、歌の練習にと共に過ごすようになった。彼は、そのたび、自然にアイリに触《ふ》れてくる。

優しいしぐさで髪《かみ》を梳《す》き、愛情を込めて頰にキスをし、熱っぽいまなざしでアイリを見つめてきて……大切にされているのだ、という安堵《あんど》と共に、あの同衾を思い出してしまう自分がいた。

熱い腕の中、彼の匂《にお》いがしていた。さわやかなシトラスと落ち着いたウッディの混じる高貴な香り――あのときと同じ匂いがギルハルトから漂《ただよ》ってくるたびに、頭がくらくらしそうになる。

そして、思うのだ。あの夜のアイリは緊張《きんちょう》と恥《は》ずかしさで指一本動かせなかったが、もしも、今の自分があのときと同じシチュエーションになれば？　この指を伸《の》ばして、彼に触れるのではないだろうか――。

――そんな、はしたない……！

いつでも余裕《よゆう》あるギルハルトの横顔を見るにつけ、自分ばかりが彼を求めているのだろうかと懊悩《おうのう》せずにいられない。

そんな内心をごまかすようにシロの背に触れながら、アイリは言った。

「書物によると、野生のフクロウは警戒心《けいかいしん》がとても強いらしいのですが」

おとなしく撫《な》でられるがままのシロには、それが希薄《きはく》らしい。アイリだけではなく、誰《だれ》が近づいたところで怯《おび》えひとつ見せようとしない。

「ユリアンさんが大切にかわいがっていたおかげで、人間を恐《おそ》れないのかもしれませんね」

図太いフクロウのすまし顔に苦笑《くしょう》していると、隣《となり》で馬を並足させていたギルハルトが難しい顔をしている。

「？　どうなさいました、ギルハルト」

「ユリアンが、そのフクロウを賢者《けんじゃ》の森からつれて来たというが……」

「賢者の森は禁猟《きんりょう》区ですから、やっぱり問題ありますか？」

「いや、問題はないんだ。賢者の森は王領地だからな」

王領地とは、王族だけが獣《けもの》を狩《か》るのを許された特別な狩猟《しゅりょう》場のことであり、王族以外がそこで狩りをすることは決して許されない。王領地のものは、王のもの。つまりシロは、ギルハルトの所有ということになる。

「ねえ、シロ？　ここはギルハルトのお城で、そこに置いてもらっているの。だから、ギルハルトにご挨拶《あいさつ》しましょう。ね？」

たしなめてみても、つーん、とそっぽを向くシロである。

「ちょ、シロ⁉」

シロは他者に怯えを見せないついでに、アイリ以外の誰にも懐《なつ》こうとしなかった。そればかりか、正式な主人のギルハルトに対しては反抗《はんこう》的ですらあった。

ギルハルトもギルハルトで、アイリが飼う許可を求めたときも、贈《おく》り主との複雑な関係を思わせるような、渋面《じゅうめん》をしていたのだが。

「アイリがそいつを気に入っているというのなら、何も言うことはない」

釈然《しゃくぜん》としない顔をしながらも、ギルハルトはそう言ってくれるのだった。

乗馬といい、領地経営の勉強といい、アイリがしたいと望むことをいつでも温かく見守ってくれる。彼の優しさや、心の大きさに感謝しながら、ふと思い出す。

――そうだ、ユリアンさんといえば……。

「私からギルハルトへの贈り物を一緒《いっしょ》に買いに行きましょうって、以前、お約束しましたよね。一度、ユリアンさんからおすすめされたお店に行ってみませんか？」

「行かない」

即答《そくとう》だった。

いつも鷹揚《おうよう》にかまえる彼の表情は、いつになくかたくなで。

「ギルハルト？」

「あー……いや」

自分でも自分の発言に戸惑《とまど》っているかのように、口元を手で押さえたギルハルトは、ひとつ小さく咳《せき》払いをすると、表情を改める。

「じかに、王宮に商人を呼んだほうがいいと思ったんだ。先日、アイリが街に買い物に出た際、安物を掴《つか》まされそうになったと言っていただろう？　信頼《しんらい》できる相手の方が、安心できるはずだ」

「そう、ですね……はい。ギルハルトもお忙《いそが》しいですし。そうさせてもらいます……」

先日の街でのお忍《しの》びデートが夢のように楽しかったものだから、また一緒にお出かけしたかった、という下心ありきの提案があえなく却下《きゃっか》され、心の中だけで肩を落としているると、ギルハルトが言った。

「なあ、アイリ。婚約中である今、俺はおまえに対して、節度ある振《ふ》る舞《ま》いをすると約束したよな」

手袋《てぶくろ》をはめた手を口元に当てた格好のまま視線を遠くにやったギルハルトは、自分たちを見ている騎士たちの様子に、ふっと小さくため息をついた。

たしかに、ギルハルトはアイリに手を出すのは正式に妃《きさき》になってからだと宣言していた。

自分の中にあるもっと彼と触れ合いたい、お出かけがしたい、という下心を見抜《みぬ》かれたのかと、アイリは恥じて下を向く。

そんな彼女から視線を外したまま、ギルハルトは遠い目をして言った。

「俺は、王としてこの王宮にいる宮廷《きゅうてい》人たちの規範《きはん》にならねばならない」

「はい……」

「ところが、だ。ユリアン・イェルクはおまえにコナをかけやがるし、俺の騎士たちまでもがおまえに見惚《みと》れているときたものだ」

「……はい？」

「大厩舎《きゅうしゃ》の馬までもがアイリに夢中だし、挙句に、わけのわからん鳥までまとわりついてきやがる始末。俺の立場で、こんなことを言うべきではないとわかっている……わかってはいるんだが……心配でたまらんのだ。おまえが……他の誰かに奪《うば》われはしないかと。俺の元からいなくなってしまうのではと」

アイリはきょとんとして、まばたきした。

ユリアンがアイリを攫《さら》ったのは、異母兄であるギルハルトの気を引きたかったからなのだ。動物がアイリに懐いてくるのは昔からのことであるし、騎士のみなさんが見惚れているのはアイリではなく、敬愛すべき銀狼《ぎんろう》王のはずである。

「おかしいだろう？　アイリは、あれだけ俺と一緒にいてくれると約束を交《か》わしてくれたのに、それでも、おまえが俺ではない、他の誰かと楽しそうに笑顔《えがお》で過ごしていると不安を覚えてしまうんだ。おまえが俺を置いて、いなくなってしまうのではないかと」

そんなことは絶対にありません、と、反論しようと口を開きかけたアイリは、しかし、口をつぐんだ。遠くを見つめるアイスブルーの瞳は、何も映していなかったからだ。

ギルハルトはたまにこういう瞳をすることがある。自分を閉じ、銀狼陛下という偶像《ぐうぞう》としてあろうとするときに。

「ギルハルト。正直なところ、私には、あなたが何を心配していらっしゃるのかわからないのですが……」

はっきりしているのは、彼は今、臣民《しんみん》に見せるための銀狼王としてではなく、ギルハルトとしての言葉をアイリに対して聞かせてくれている。

胸の内を明かしてくれている。

「私は、ギルハルトが好きです」

それは、身代わりの婚約者であるからと、恐れ多くて言葉にも出せずにいた言葉。彼が向けてくれる心を実感し、信じている今、はっきりと口に出すことができる。

「私は、あなたが誰よりも大切です。未来のことはなにひとつわかりませんが、私がギルハルトを誰よりも一番大好きで、一緒にいたいという気持ちは間違いありません」

「本当に？」

ギルハルトの笑顔は、いつだってアイリの不安を取り除いてくれた。それに倣《なら》い、アイリは笑顔で言い切った。

「本当です！　あなたが何かを心配していらっしゃるなら、私はそれを払拭《ふっしょく》したい。そのために、私にできることがありますか？」

何も映していなかった彼の瞳の色が、アイリを映して鮮《あざ》やかさを取り戻《もど》した。やがて、ギルハルトは馬を間近に寄せてきて、ささやく。

「……今すぐ、おまえにキスがしたい。いいだろうか」

許可を待たずに、ギルハルトがさっと自らの右手の手袋を抜いた。人差し指がアイリのおとがいに触れる。賢《かしこ》い馬たちは、静かにたたずみ婚約者たちのむつみあいを邪魔《じゃま》しない。

ギルハルトが身を乗り出して、アイリの頬にキスをする。触れ合いを欲《ほっ》していたアイリであるが、いざ与《あた》えられると恥じらいに動揺《どうよう》してしまう。

「あ、の、騎士のみなさんが、見ていらっしゃいます、から」

そんなアイリに対して、くす、と耳元で深みのある彼の声が笑った。

「見せつけてるんだよ。相手が何であろうと、たとえ神であっても悪魔《あくま》であっても──誰にもおまえを渡《わた》さないって」

焦《こ》がれるような声はわずかにかすれ、まなざしには熱がこもっている。

彼も自分に触れたがっていたのだ、と理解したとたん、胸《むね》の奥から甘いものがこみ上げる。

「『節度ある振る舞いをする』っておっしゃいましたよね？」

「おまえの寝室《しんしつ》に押しかけないだけ、その鳥より、何千倍も節度あるつもりだが？」

野性味と理知を内包している銀狼陛下と呼ばれるこの王は、感情が発露《はつろ》するとその均衡《きんこう》が崩《くず》れるときがある。そのアンバランスを垣間見《かいまみ》るたび、アイリは心臓が掴まれたような心地《ここち》になる。彼から目を離《はな》せなくなり、金縛《かなしば》りに遭《あ》ったように動けない。

艶然《えんぜん》とした笑みを形作った男の唇《くちびる》が、アイリの唇を奪おうとした、その時である。

ぴく、とギルハルトの肩が動いた。

厩舎の方から馬を駆《か》けさせてくる若い騎士の姿があり、耳のいいギルハルトは、即座《そくざ》に反応したのだろう。

「……予定よりも早いな」

ひとことつぶやくと、ため息を吐《は》き出す。アイリの頬を優しく撫ぜた。

「火急の仕事ができてしまった。残念だが、おあずけだ。俺は先に戻る。アイリは、このままゆっくり乗馬を楽しんでくれ」

名残惜《なごりお》しそうにそう言うと、ギルハルトは馬の頭を王宮の方へと向ける。

その横顔には、先ほどまでアイリに向けていた熱っぽいものは拭《ぬぐ》い去られ、屹然《きつぜん》とした王のものに変わっていた。

こちらに向かってきていた騎士と二、三言葉を交わしながら、馬を走らせるギルハルト。

漏《も》れ聞こえてきた彼らの交わす言葉の中に、聞き覚えのある家名があった。

「イエルク……？」

それは、シロの元飼い主であり、先日、アイリを罠《わな》に陥《おとしい》れた――結局、グレーゾーンの冤罪《えんざい》ということになった――ユリアン・イェルクと同じ家名だ。

ギルハルトの吐露《とろ》した不安の言葉。アイリにだけ聞こえるよう口に出したとしても、表面上は揺《ゆ》らぐことのない。いや、揺らぐことの許されない、王の顔。

胸騒《むなさわ》ぎを覚えたアイリは、白馬の手綱《たづな》をさばいてギルハルトの後を追う。

アイリの肩を離れた白いフクロウは、馬場を見下ろす背の高いマロニエを止まり木にする。

遠くなっていくアイリの背を、望月《もちづき》のような黄金色《こがねいろ》の瞳で見送るのだった。

アイリが宮殿《きゅうでん》に戻ると、あわただしく宮廷人が行き来していた。

「アルフリード・イェルク様がお越《こ》しなんです」

そう教えてくれたのは、アイリの侍女頭《じじょがしら》を務めるエーファだった。

――アルフリード・イェルク様……。

王妃《おうひ》教育として、ルプス国各地の貴族や役職に就《つ》く者についてレクチャーを受けたときに覚えた名である。アイリはエーファに確認《かくにん》する。

「アルフリード様は、国境の警備を任されている国境騎士団の団長で、ユリアンさんのお兄様、なんですよね」

そして、ギルハルトにとっては、異母兄に当たる人物のはずだ。

「さようでございます」

ギルハルトと同じく祖先の特性――人狼《じんろう》の血を色濃《いろこ》く残しているというアルフリードは、カリスマ性を持ち合わせ、人望篤《あつ》く、剣《けん》の技量はギルハルトに並ぶともっぱらの評判だ。

「そのアルフリード様が、どうして王都へ……？」

「陛下《へいか》から直々《じきじき》に召喚《しょうかん》されたということですわ」

アイリが乗馬服から、客人を迎《むか》え入れるための正装のドレスに着替《きが》えるのを手伝いながら、エーファは説明する。

「アルフリード様と、弟のユリアン・イェルクが召喚されていたという話ですが、お越しになったのはアルフリード様だけだとか。まあ、ユリアン・イェルクに関しては、アイリ様に対してあんな無礼を働いたんですから、二度と王宮の敷居《しきい》を跨《また》げるとは思わないでほしいところですが」

ユリアンだけ敬称《けいしょう》付きで呼ぼうとしない侍女頭は、アイリが連れ去られた事件を許してはいないのだ。

「ともあれアルフリード様は謁見《えっけん》ではなく、応接室でのご歓談《かんだん》になると、従者・使用人には伝えられておりますわ」

「歓談、ですか」

そのとき、クロークルームの扉《とびら》がノックされる。

「失礼します。アイリ様」

入ってきたのは、メガネの宮廷首席近侍《きんじ》長、サイラスだった。

いつものように一分《いちぶ》の隙《すき》もない身のこなしの背筋の伸びた近侍長は、いつも通りに無表情に口を開く。

「陛下からの要望です。これから陛下がお客様をお迎えするにあたって、アイリ様自らに、お茶の準備をお願いしたいと」

　茶を振る舞う、という行為《こうい》は貴族同士が信頼を交わし合うためのルプス国ならではの流儀《りゅうぎ》である。

　異母兄弟とはいえ、騎士階級のアルフリードに対して、王の婚約者が手ずから茶を振る舞う、というのは、ギルハルトがいかに来訪者たる国境騎士団長を重用《ちょうよう》しているかを示す意図もあるだろう。

　イェルク家との複雑な関係を垣間見ているアイリは緊張感を持って、うなずいた。

「ちょうどよかったです。陛下とのティータイムのためにと、今日はお菓子をたくさん準備していましたから」

「それは重畳《ちょうじょう》」

「エーファさん」

　目顔で主人の意向を受け取った侍女頭は、先んじて厨房《ちゅうぼう》へ向かって行った。

　それを見送ったサイラスが口を開く。

「アイリ様には、今回、アルフリード様が召喚された経緯《けいい》を簡単にご説明します。実は……陛下と協議した結果として、ここまで伏《ふ》せていたのです。陛下は、あなた様を巻き込むのが心苦しいとおっしゃっていて」

　なんとなくだが、アイリにはギルハルトが何を警戒しているのかが察せられた。

　ギルハルトの母親はかつて夫たる先王陛下の愛を別の女性に奪われた。だから、その女性と息子《むすこ》たち——イェルク兄弟に対して手酷《てひど》い仕打ちを行ったという。それが恨《うら》みとなってイェルク兄弟に残っているならば？

　先日アイリはユリアンに攫われた。攫われた先で、ユリアンは王家との禍根《かこん》をアイリに明かした。それこそがギルハルトの心苦しさにつながっているのならば。

「喜んでお手伝いします。私で力になれることなら、なんでも」

　自分は大丈夫《だいじょうぶ》だと。足手まといではなく、力強い味方でいられると示したい。

「ありがとうございます、アイリ様」

　と、ふとアイリは気づく。普段《ふだん》、感情の見えないサイラスの表情であるが、その瞳がいつもよりも暗い色に見えたのだ。

「サイラスさん。なんだか、元気がありませんね」

「おや。この私がですか？　そんなふうに見えるとは——私としたことが、アイリ様にはつい甘えが出てしまうのでしょうか……」

　甘え？　たとえ、空から槍《やり》が降ろうとも泰然《たいぜん》としているであろう、この近侍長が？

　王宮に上がってからというもの、いつだってこちらが頼《たよ》りきっている相手から、そんなふうに言われるとは夢にも思わなくて、笑みがこぼれる。

「私でよければ、甘えてくださいね」

「恐れ入ります、アイリ様。ですがそれ、陛下の前でおっしゃらないでくださいませ。私、今度は肋骨《ろっこつ》では済まないことになりますので」

「へ？」

「こちらの話です」

こほん、と無表情のままに空咳《からせき》して、サイラスは話を続けた。

「実は今回、陛下が抱《かか》える問題には、イエルク家との禍根の他に、重大な懸念《けねん》がありまして。先日、とある訴《うった》えがあったのです。内容が内容ですので、極秘《ごくひ》にされてきました。宮廷を――いいえ、ルプス国全体を揺るがす問題に発展するおそれを孕《はら》む……場合によっては、隣国《りんごく》との戦争の火種となりかねない」

「戦争、ですか」

アイリは息を飲んだ。まぎれもない、重大な懸念だ。

「その問題には、陛下自らが解決に乗り出されるのがよかろうと、陛下自身が判断されました。数日のうちに陛下は王領地に向かいます。王領地たる賢者の森へ」

賢者の森。

シロが暮らしていたというその場所は、アイリにとって因縁《いんねん》ある場所だと王妃教育の中で学習してはいた。

「お察しの通り、かの地はあなたと無関係ではない。賢者の森は、月の聖女の出身地であり、狼神《ろうしん》のおわした聖地であるとされる場所ですから。そして、アイリ様には、この王領地へご同行願いたいのです」

再度驚《おどろ》くアイリに対して、サイラスはうなずいた。

「無茶を申し上げているのは、承知のうえです」

賢者の森は、王のための狩猟場――ひるがえって、一般人《いっぱんじん》にとっては絶対の禁猟区である。これが何を意味するか。

王領地およびその周辺には、農地や牧草地がないという。なぜなら、クマやイノシシ、狼《おおかみ》など、危険な獣も駆除《くじょ》ができず、家畜《かちく》や人間の被害《ひがい》が甚大《じんだい》になるからだ。

「陛下の騎士が随行《ずいこう》するとはいえ、安全な旅になる保証はない。むろん、赴《おもむ》かれるか否《いな》かはアイリ様にお選びになる権利があります。断ることができる、ということです。ただでさえ、あなた様はこれまでに二度、攫われているのですから」

サイラスの言う通り、アイリは王宮に上がってからというもの、悪漢に二度も誘拐《ゆうかい》されている。そのどちらもが正体不明の黒衣《こくい》をまとった男たちによる犯行であった。

「それでも今回の行幸《ぎょうこう》には、あなた様が必須《ひっす》なのです。しかし、無理強《むりじ》いはできないと陛下がおっしゃっています。私個人としても、かよわいレディをお連れする場所ではないと考えています」

過去、アイリが危機に瀕《ひん》したのは誘拐だけではない。このサイラスによっても生死の危機にさらされたことがある。だから、こんなふうに選択肢《せんたくし》を与えてくれるのは、サイラスなりの最大の配慮《はいりょ》と懺悔《ざんげ》であるのかもしれない、けれど、アイリの心は決まっていた。

「必要とあれば、もちろんまいります。私は、あの方の妻になるんです。できることはなんでもしますし、知る必要のあることは、すべて教えてください」

「承知しました」

　サイラスはさらに深く頭を下げると、口を開く。

　なんでも教えてください、とは言ったが――王領地に属する賢者の森に赴くにあたって知らされたいくつかの事実は、アイリの想像を絶する、とんでもないものだった。

　決意を胸に抱いたアイリはエーファをはじめとした侍女たちを引き連れて貴顕《きけん》を招くための応接の間へ入る。

「失礼します」

　サイラスから知らされたとんでもない話を聞いたばかりのアイリが緊張の面持《おもも》ちで入室すれば、人払いが済まされた部屋の中、応接卓《たく》を挟《はさ》んで差し向う男たちがふたりきりで話をしていた。

王と歓談していた男は、アイリの入室にさっと席を立つ。

「お初にお目にかかります、レディ」

折り目正しい所作で礼をとった彼は、びっくりするほど長身の騎士だった。ギルハルトも長身であるが、この騎士はそれよりも上背《うわぜい》があるだろう。

――この方が、ユリアンさんのお兄様……。

アルフリード・イェルク。国境騎士団の団長を務める男である。

弟のユリアンと同じ赤毛は騎士らしく長く伸ばされ、うなじで結《ゆ》わえられていた。

顔の造形は弟と同じく整ってはいるが、いかにも男らしく意志の強そうなまなざしで、表情はどこか厳しい。いや、厳しいというか。

――怒《おこ》って、いらっしゃる……？

宮廷内の王の御前《おんまえ》であるので、剣を佩《は》いてこそいないが表情もたたずまいも、いかにも武人といった騎士は、硬く厳しい表情をしていて、中性的でやわらかな印象の弟とは雰囲《ふんい》気《き》が正反対だ。

いかんせん眉間《みけん》の皺《しわ》の深さがちょっと怖《こわ》くて――ああそうだ、と思い出すアイリである。

ギルハルトとの初対面、すさまじく険しい表情をしていた銀狼陛下と雰囲気が似ているのだ。懐かしい記憶《きおく》に思わず笑みを漏らしていると、アルフリードがまばたきをした。

「……？　私に、何か」

「い、いいえ、ごめんなさいっ。アルフリード・イェルク様、ご高名はかねがねうかがっております。誉《ほま》れ高き騎士様にお会いできたのが光栄で」

礼にのっとり、アイリは王と客人に茶を供す。しかし、アルフリードは茶だけに手をつけ、ふんだんに盛られたさまざまな種類の菓子には手をつけようとはしなかった。

自慢《じまん》ではないが、豊富に種類をそろえることができた今回供した菓子は、三段連なった銀の菓子皿を使い、目にも楽しく盛り付けにもこだわった、のだが。

──お好みのお菓子がなかったかしら？

ユリアンによれば、彼ら兄弟の母親はお菓子を作るのが上手だったとのこと。

弟が菓子好きとあらば、アルフリードもまた好むだろうと予測し、作り置いていた菓子をあるだけ持ってきたというのに。

──甘いもの自体、苦手でいらした？　騎士様だもんね……体力勝負なんだから、食べごたえのある軽食なんかをご用意した方がよかったかも!?

促《うなが》されるままギルハルトの隣に着席しながら、うぐぐ、と悔《く》やむアイリである。

できることなら、この歓談をなごやかなものにする手伝いがしたかった。何しろ、先ほど、サイラスから聞いた『とんでもない話』のひとつは、アルフリード・イェルクとギルハルトとの関係が、想像を超《こ》えてただならぬものだったからだ。

サイラスは無表情で、アイリに告げた。

『五年前、おふたりはほとんど殺し合いをしています』、と。

訓練戦が過熱した結果であるというが。

ちら、と隣に座る婚約者の表情をうかがえば、向かいに座るアルフリードの硬い表情とは違《ちが》っていて。

──ギルハルトはユリアンさんとお話ししてたときより、よっぽどリラックスしてるみたい……。

殺し合いまで演じたという話であるのに、ギルハルトはアルフリードに対して悪印象を持っていないようだ。それどころかルプス国の要衝《ようしょう》を護《まも》る騎士団長として、高く買っているとは以前から聞いている。

アイリの菓子がお役に立てなかったことは残念だけれど、この歓談がギスギスしていなければ、それに越したことはない。

「アイリ、どうした？」

「お話のお邪魔をするようでしたら、私、失礼した方がいいかしら、と」

「いいや、ここにいてほしい。そのために、おまえに来てもらったんだ」

ギルハルトの目顔の合図に、エーファら侍女が退室すれば、応接室には、美しくも屈《くっ》強《きょう》な王の血を引く異母兄弟と、アイリの三人だけになる。

ギルハルトがアイリに対して言った。

「アルフリードをここに呼び立てた理由は、彼に、とある嫌疑《けんぎ》がかけられたからだ。サイラスから聞いてるな」

アイリは神妙《しんみょう》にうなずき、答える。

「はい。イエルク家のみなさんに……王領地での密猟《みつりょう》・密貿易の嫌疑がかかっていると」

これを聞いたとき、アイリは密猟の対象がシロであったのかと焦《あせ》ったものだ。

訴えられている被害にフクロウを持ち出したというものはないという。杞憂《きゆう》で済んだことにアイリは胸をなでおろしながらも、被害はもっと悪質で、もっと血なまぐさいものであると知り、息を飲んだのだ。

「王領地にある、賢者の森。不可侵《ふかしん》のその場所が神聖な場であることは、ルプス国民ならみな知るところだ」

聖なる森には、特別な薬草が育ち、病を得た者やその家族は回復祈願《きがん》と薬をもらうために巡礼《じゅんれい》をするという。

その神聖な場で狩りをするばかりか、狩った獣を他国に売り飛ばす悪党がいると――神をも畏《おそ》れぬこの所業は、極刑《きょっけい》に当たることとて知らぬ者はいないはず。アイリは緊張に乾《かわ》く唇を茶で湿《しめ》らせて話を続けた。

「それを、クヴェレ公爵《こうしゃく》の名代《みょうだい》が、訴え出ているとうかがっています」

クヴェレ公爵というのは、王領地の管理を任せている貴族である。

現在、クヴェレの当主は病に臥《ふ》せり、その名代として嫡男《ちゃくなん》が領地を取り仕切っているということだ。

クヴェレ公爵は広大な領地を有するが、先も説明した通り、王領地およびその周辺では、農地や牧草地を耕作することができない。

そのため、王領地と隣接《りんせつ》する公爵領はよく言えば、大変な名誉《めいよ》。悪く言えば、貧乏《びんぼう》くじを引かされたともいえる。管理料は王家から支払《しはら》われているとはいえ、本来であれば得られるはずの実りが得られない領地を有することになるのだから。

ここで嫌疑のかけられた当のイェルク家の長兄《ちょうけい》、アルフリードが口を開いた。

「おそれながら、陛下。私どもが疑われているのはわかりましたが、なぜに聴取《ちょうしゅ》でもなければ審問《しんもん》でもなく、このように歓談という形に？」

仮に、かけられた容疑が事実であるならば、アルフリードの罷免《ひめん》はまぬがれない。

王族のための狩猟場であると言うが、アルフリードをはじめとしたイェルク兄弟は王族には属さないのである。これが、やっかいなのだとギルハルトはため息をつく。

「王の狩猟場で狩猟をしたとなれば、貴殿《きでん》らが『僭称《せんしょう》をした』と、難癖《なんくせ》をつけられかねないからな」

ギルハルトの懸念に、硬い表情をするアルフリード。ギルハルトは話を続けた。

「なぜ、今回、茶会という形にしたのか。はっきり言うが、俺はクヴェレ公の息子が気に入らん」

——へ……？

このぶっちゃけぶりに驚いたのはアイリだった。

普段のギルハルトは宮廷人の前では、公平な王として振る舞っている。

気に入らない、とはまったくの私情であり、つまり、今目の前で茶を飲んでいる騎士団長殿は、王の腹の内を見せるに値《あたい》する相手ということで——アイリは、この王宮内でギルハルトが胸襟《きょうきん》を開く人物を、旧友のサイラスくらいしか知らない。

そして、そのサイラスからアイリは忠告を受けていた。

『アルフリード・イエルクは弟のユリアン以上に警戒すべき相手です』、と。

はらはらするアイリの目の前、ギルハルトはさらに、不機嫌《ふきげん》を隠《かく》そうともせずに言った。

「サイラスの調べによれば、公爵名代ニコラウス・クヴェレは王都で夜会に出まくっている。夜会に出るの自体は、もちろんかまわんのだが」

貴族の嫡子《ちゃくし》として、社交の場に出るのは務めである。そこで、コネクションを作ったり、おのれの花嫁《はなよめ》探しをするなど有用なことがたくさんあるからだ。ところが、だ。

「クヴェレ公の嫡男には、分《ぶ》を超えた金遣《かねづか》いの荒《あら》さが目に付くのだ。いや……他家の金銭事情だ。とやかく言うのは野暮《やぼ》ではあるのだが……先王時代に利権をむさぼってきた貴族連中と懇意《こんい》にしている、とも調べがついていてな。それが何より引っかかる」

ギルハルトの父王は、晩年、かなりの国費を浪費《ろうひ》した。

そのおかげで国庫回復のために大変な苦労を強《し》いられたギルハルトにとっては、なるほど『気に入らん』というわけだ。だが、いくら気に入らなかろうと、名代ニコラウスの訴えはむげにはできない。

「クヴェレの当主には返しきれない大恩がある。なにせ、公は先王に対して、国費の無駄《むだ》遣《づか》いを諫《いさ》め続けてくれていたんだ」

しかし諫めは佞臣《ねいしん》に遮《さえぎ》られ、クヴェレ公は宮廷から追われることとなった。

「それでも、公は宮廷の腐敗《ふはい》を憂《うれ》い、それ以上に、次期国王となる俺に期待をかけてくれたのだ。俺のためにと、政治経済の教師を選び抜いて紹介《しょうかい》し、まっとうな宮廷人たちに地道に呼びかけを続けてな」

どれだけ父王に煙《けむ》たがられようと、佞臣どもから嫌《いや》がらせを受けようと、クヴェレ公はルプス国の未来を腐敗に満ちた暗いものにしないよう、決してあきらめなかったのだ。ギルハルトの元にまっとうな臣下が集《つど》うようにと水面下で働きかけ続けていた。

「王位を継《つ》いだ当時の俺は、二十歳《はたち》にも満たず求心力に乏《とぼ》しく、公の整えてくれていた布《ふ》陣《じん》がなければ、今頃どうなっていたかわからない。利権をむさぼっていた連中に潰《つぶ》されることなく、国庫回復に速《すみ》やかに動けたのも、クヴェレ公の尽力《じんりょく》あってのものなのだ」

ギルハルトの横顔を見れば、どれだけ彼がクヴェレ公に感謝をしているかが見て取れた。

公爵の実直さに救われたからこそ、その嫡男であり公爵名代ニコラウスへの苛立《いらだ》ちがギルハルトの声ににじむ。

「王領地周辺の地元の民《たみ》から、賢者の森に異常が発生している、という証言がいくつも上がっているという。看過《かんか》はできない。……いくら、俺に対してニコラウスが『王の管轄《かんかつ》であるのに、これまで放置していたのは怠慢《たいまん》ではありませんかー？』、などと厭味《いやみ》ったらしくぬかしたとしてもなぁ……っ」

ニコラウスの口調を真似ていたのか、言い方がちょっとウザかった。

――本当に『気に入らない』のね……。

父公爵が好人物であるだけに、その息子の放蕩《ほうとう》――ギルハルト当人の言うように、他家の問題だからとやかく言えないだけに、もどかしいのだろう。

さらにギルハルトにとって、年齢《ねんれい》の近いニコラウスはギルハルトの近しい親族でもある。もどかしさひとしおというわけだ。

茶のカップを卓に置くと、ギルハルトは再び口を開いた。

「アルフリード殿」

「はい」

「ただでさえ、貴殿は同盟会議を控《ひか》えて多忙《たぼう》なはず。呼び立てるのは、気が進まなかったのだが、俺は王として調査に乗り出す義務がある。王領地である賢者の森をクヴェレ公に任せっぱなしであったのも事実だ」

　アイリはずっと疑問に思っていたことを問う。

「今回、ユリアンさんがいらしてないとうかがっています。何か不都合が？」

　そもそも、イェルク家で商売を担《にな》っているのは次男のユリアンだ。彼が賢者の森で密猟した獲物《えもの》を密売し、そのルート確保が容易だと疑われているのは、ちょっと散歩に行くくらいの気軽さで他国へ赴くようなふわっふわに軽いフットワークのせいでもあると、サイラスは言っていた。

　責任者は家長であるアルフリードであるが、容疑者本人が不在となれば、疑いはいっそう深まるだろうに。

　それがアルフリードにもわかっているのだろう、彼は弟と同じ緑色の瞳を伏せて言う。

「ユリアンは召喚状が届く五日も前に、同盟会議に向けての調整のため、フェリス国に使いに出てしまったのです……」

　フェリス国とは、ルプス国と軍事同盟を結ぶ国である。

　盟主である王子が、ユリアンを大変評価し気に入っていて、交渉《こうしょう》はユリアンが行うのが一番スムーズで間違《まちが》いがないということだ。

「至急、帰還《きかん》するようにと手配しています」

「訴え出てきたニコラウスによれば、密猟の実行犯の疑いがかかっているのは、ユリアンの右腕《みぎうで》の男という話だが……たしか、名はマルコといったか」

商売の打診《だしん》のために、たびたび賢者の森周辺の集落を訪れていたということだ。

このマルコは、ユリアンとよく似た風来坊《ふうらいぼう》の気質だそうで、彼の痕跡《こんせき》は、賢者の森でぷっつりと途絶《とだ》えている。

「このマルコが見つからない以上、直属の上役《うわやく》であるユリアンから聴取する必要があるんだがな」

アルフリードは苦悩《くのう》するように眉間の皺を深めれば、ギルハルトが言った。

「貴殿の弟が商売にいそしむ原因となったのは、宮廷から国境騎士団へ防衛費を潤沢《じゅんたく》に回すことができなかったからだとは知っている。つまり、問題の根幹は、宮廷にあるということだ」

アルフリードは静かに首を横に振る。

「……いいえ。国境の守護は我らが務め。どこにいようと、私の剣はルプス国に捧《ささ》げています。それよりも、我らに嫌疑がかけられ、陛下にご迷惑《めいわく》をおかけしたことが心苦しく。私は逃《に》げも隠れもいたしません。できることがあるなら、なんでもお申し付けください」

国境の騎士団長は伏せていた目を上げ、背筋を伸ばした。忠実な男に対して、ギルハルトは言った。

「貴殿には、たしかに容疑がかかっている。しかし……立場上おおっぴらには口にできないが、俺は貴殿が犯人ではないと確信しているんだ」

「なんと。このように婚約者殿からもてなしまでいただいて、正直なところ驚いておりましたが……私を、お疑いではないのですか？」

「仮に、宮廷側が貴殿に対して金銭面で無理をさせたうえでの王領地での密猟に手を染めたというのなら、我らには教訓と反省が必要だ」

ギルハルトの真摯《しんし》な言葉に対して、アルフリードは息を飲み、そして頭を下げる。

「必ずや、信頼にお応えします」


銀狼王と辺境騎士団長の茶会は、アイリの懸念に反してなごやかに終わった。菓子に手をつけなかったし、終始顔は怖かったものの、アルフリードはアイリの淹《い》れた茶を気に入ってくれたようでおかわりも綺麗《きれい》に飲んでいた。

ギルハルトとアルフリードは、国境警備についての話をするとのことで、アイリが退室すると、扉の外ではサイラスが待っていた。

「アイリ様には、陛下と、そしてあの国境騎士団長殿と共に、王領地に向かっていただきます。しかし、名目としてはクヴェレ公への見舞《みま》い、そして行幸ということになりますので、そのおつもりで」

「はい。クヴェレ公は、ギルハルトにとって本当に特別なお方なんですね」

「先王陛下と妃殿下《ひでんか》の不仲を知っていた公は、王位に就いたばかりのまだ若い陛下をずいぶん励《はげ》ましてくださいました。陛下のご両親は共にアレだったでしょう？」

「…………」

アレなエピソードをいくつも耳に入れているだけに、何も言えないアイリであるが、サイラスは相も変わらず歯に衣《きぬ》着せない。

「陛下は孤独《こどく》ゆえに、クヴェレ公に理想のお父上の姿を見ていらっしゃるのかもしれませんね。ついでにいえば、アルフリード殿にも。礼節があり剣術《けんじゅつ》に優《すぐ》れた騎士に、理想の兄上の姿を見ているのかもしれません」

たしかに、ギルハルトがアルフリードに向けるまなざしは、腹心《ふくしん》であるサイラスに向けるものとは少し違っていた。どこか憧《あこが》れが混じっていたような？

——おふたりは、殺し合い寸前なくらいの剣を交えたっていうけど……。

剣を振るうのとは縁遠《えんどお》く生きてきたアイリには、よくわからない心境である。

「それだけに、アイリ様には冷静な目で陛下を見ていていただきたいのです」

「冷静な目、ですか」

「はい。アイリ様もご存じの通り、陛下のご母堂《ぼどう》は、イエルク家に壮絶《そうぜつ》ないじめを行っていました。そのとき、アルフリード殿だけが王都を離れていたそうです」

　アルフリードが家族を大事にしていればいるほど、家族が苦境に立たされているときに、傍《そば》にいてやれなかったことを悔やむだろう。

「どれだけ陛下が慕《した》っておられても、警戒すべき相手ということです。それを踏《ふ》まえて、陛下のおもりをしていただきたく」

「お、おもり……ですか」

「婚約の儀式《ぎしき》の続きで、飼い犬のお世話くらいの軽～い気持ちでけっこうですよ」

「は⁉　いえ、まさか、そんなことは」

「そんなことでよろしいのです。ただでさえ、アイリ様には危険な旅に出ていただくのですから、陛下のお世話くらいは、どうかポップでカジュアルなお気持ちで挑《いど》んでください」

「ぽっぷ……かじゅある……」

「はい。なにせ、陛下は肉体的には殺したところで死なない頑丈《がんじょう》さです。ところが、人狼の血が騒げばたちまち人間を辞《や》めてしまわれそうになる。メンタルの方はガタガタな建付けの悪さ。おわかりですね？」

「そ、そんなことはっ！」

「そうなんですよ、ご理解ください。私どもにとって命綱《いのちづな》は、アイリ様の意外と図太い神経――ではなく、いざというときにこそ発揮される芯《しん》の強さです。いかにあなた様の心が安定しているか。すなわち、ハッピー☆にかかっているということです。おわかりいただけますか？」

「は、えぇっと……はい……」

よくわからない、が。深く突っ込めば、この無表情メガネがいざなうよくわからないの迷宮《めいきゅう》にハマりそうで、アイリはとりあえずうなずいた。

了解《りょうかい》を得たサイラスは、満足そうにうなずきを返す。

「どうか、陛下を励まして差し上げてください。陛下は王位を継承《けいしょう》してからというもの、賢者の森をただの一度も訪れていないのです。歴代の王は、必ず巡礼という形で訪れるというのに、陛下は多忙すぎたのです」

「訪れなかったことで、何か問題が……？」

「ありました。陛下が人狼の血に振り回されて暴君モードだったとき、陰口《かげぐち》を叩《たた》かれたことが。『王としての義務を果たしていないから神罰《しんばつ》が下ったのではないのか』などと」

「そんな、神罰だなんて……」

「まあ、そのような陰口を叩いたのは、国庫の引き締めで利権を失った貴族たちの負け惜《し》しみだったんですがね。彼らの残したツケを払うために陛下は馬車馬のように働いていたというのに……お心を痛めないよう、極力私の方でフィルタリングはしていたんですが、陛下はしょうもないそれらの陰口を承知しておられました」

何しろ、ギルハルトは恐ろしく耳がいいのだ。

アイリは、ひとつ気になったことがある。

「陛下が暴君モードだったとき、賢者の森に巡礼に行っていたら……私がいなくても、オオカミ耳が収まっていた、ということでしょうか？」

質問に、いつでも無表情のサイラスは無表情のまま、ぷすー、と笑い声を漏らした。

「いいえ。おそらく、その逆でしょう」

エーファと共に中庭に面した渡り廊下《ろうか》を歩きながら、アイリは、ぷすー、という笑い交じりに吐かれたサイラスの言葉を思い出していた。

『陛下は、より手の付けられないわんわんになっていたでしょうねぇ』

つまり、より狂暴《きょうぼう》な暴君モードになっていたということなのか。

『だったら、今、なんで笑ったのですかっ』

突っ込むアイリに、サイラスは言った。

『オオカミのお耳だけであれだけ愉快《ゆかい》なのに、あのええかっこうしいの陛下がもっと野生に還《かえ》ればどれだけおもしろいことになっていたか、なんて』

い男である。

暴君モードのギルハルトに蹴《け》られた過去があるというのに、懲《こ》りるという言葉を知らない男である。

――ええかっこうしいって……。

ギルハルトは実際に、誰よりも格好いいのに。ギルハルトへの評価に、釈然としないアイリに対して、隣を歩くエーファが苦笑交じりに言った。

「アイリ様。あの無表情メガネの言葉なんて、気にする必要ありませんのよ？」

「……サイラスさん、どこまでが冗談《じょうだん》なんでしょう……」

「どこまでも冗談で生きてるような変人ですから、まともに取り合うだけ無駄ですのよ」

ともあれ、賢者の森へのアイリの同行が必須だと言われたその理由は、『手の付けられないわんわん』のお世話を任されたと言うわけで。

「サイラスさんが言ってたんです。賢者の森に行けば、陛下の身に、何かが起こるかもしれないと。それは冗談のお話ではないと、思います」

「ええ。わたくしも、月の聖女様にお仕えする前に、国史についてお勉強したのですが、賢者の森には月の力を集める湖があるのだそうで」

「それ、子どもの頃に読んだおとぎ話でも出てきましたね。月の聖女が、不思議な力を持つ癒《いや》しの森の湖を守っているって」

「現実でも、賢者の森にある湖には不可思議な力が宿っている、という話ですわ。月の聖女様は、その不思議な力を秘めた森の番人であったんだとか」

「単なるおとぎ話ではなかったんですね」

「湖のある場所まで森に踏み入るのが許されているのは、王族と月の聖女だけだとか。許されざる者が踏み入れば、番人の代わりに賢者の森を守る狼神の眷属《けんぞく》――銀色の狼に噛《か》み殺されるとされていますのよ」

はて、どこまでがフィクションで、どこまでが真実であるのか――。

巡礼への同行は危険な旅になると、サイラスが言っていた。

アイリはごくりと息を飲む。その主人の様子に、エーファもまた、憂いに眉《まゆ》をひそめて言った。

「……いっそ、全部冗談と言われた方がエーファも心配がないのですが……サイラスによると、賢者の森についての情報は不明瞭《ふめいりょう》なところが多いんだそうですの」

王位に就いた者は、必ずと言っていいほど、巡礼に訪れる場所だというのに。

「サイラスは陛下の特性を知るうえで、資料をかき集めはしましたが、賢者の森に関しては秘されていることが多く、人狼の血を引く当事者の陛下にすら伏せられていることが多々あるそうですのよ」

「そうなんですか……」

「アイリ様。そんな不安そうなお顔をなさらないで。今回の旅は、このエーファもお供します。陛下を知るには、陛下を苦しめる力の源——賢者の森を知りましょう。この旅には、サイラスも一緒に行きたがっていたのですが」

「サイラスさんもいらっしゃるんですか？」

「いいえ。一緒に行けないことを悔《くや》しがってました。なんでも、賢者の森に近づくことを、『許されていない』だとか」

「許されていない？　どなたにですか？」

「エーファも存じませんのよ。なんでも、サイラスの生まれの関係だそうで……」

サイラスはさる大貴族の私生児という話だ。異例なことに王の近侍を務め、ギルハルトにかなり近しく宮廷でのあれこれを取り仕切っている。

そんなサイラスを宮廷人はどう見るか。嫉妬《しっと》や偏見《へんけん》にさらされることもあっただろう。王宮内の使用人を取り仕切る近侍長として、まつりごとまでは踏み入らないよう節度を守っていると遠回しに教えられたことはあるものの、彼がギルハルトの一番の腹心であることには違いない。

しかし、そのサイラスがギルハルトのルーツたる賢者の森に近づくのが『許されない』とはどういうことなのか。

「サイラスさんのお父様と、王領地の管理をしておいでのクヴェレ公とが不仲、ということでしょうか？」

「いいえ、そのような話はありません。あの男、情報共有を重んじる割には、自分のことは話したがらないんですのよね。賢者の森に近づけないっていうのも、わたくしがしつこく聞いてやっと話したくらいで」

「不思議な方ですね、サイラスさん」

「不思議……まあ、ど変人ですわよね。あれだけ陛下のお傍にいるくせに、出世には無頓《むとん》着《ちゃく》ですし。権益にも興味なし。情報を集めるために人を動かすお金は、あの男、宮廷人の特権は使わず、投資で稼《かせ》いでいるんですって」

「それは……陛下のために、私財を投じていらっしゃるということ、ですか」

「そうなりますわねぇ。あの男、はっきり言ってバカですのよ」

「ば、ばか……」

「ぶっちゃけ、宮廷でお仕えするよりも、市井《しせい》で商人やってた方がはるかにいい儲《もう》けになりますのに」

国庫を戻すために、四苦八苦するギルハルトにはありがたい存在なのかと思いきや。エーファは理解できない、とばかりに眉をひそめて言う。

「陛下も陛下ですのよね、お金にも権威にもなびかない、ご実家へのペナルティを盾《たて》にしても脅《おど》しの利《き》かない超《ちょう》ド級《きゅう》の変人を一番身近に置いておくなんて。どうやっても思い通りにならないような気味の悪い男、普通《ふつう》だったら宮廷の敷居も跨がせたがりませんわよ」

ちなみに、エーファがアイリに対して歯に衣着せず真実をつまびらかにものを言うのは、彼女の中にあるピラミッドの最頂点にアイリが君臨しているからである。

何かがあれば、一番に危機回避《かいひ》できるように、という侍女としての忠心なのであって、断じて不敬ゆえではない。はずだ。

「このエーファはアイリ様にお仕えする、アイリ様の侍女ですもの。なんでもお申し付けくださいまし」

あたかも主人に忠誠を誓《ちか》う騎士のよう。アイリは社交の場でさまざまな令嬢《れいじょう》とそれに付き従う侍女を見てきたが、エーファのような侍女はお目にかかったことがない。

サイラスから聞いた、いくつかの驚くべき事実のひとつはエーファに関するものであった。それについて彼女とじっくり話しておきたいところであるが、今は他にするべきことがある。

「さっそくなんですが、エーファさん。急ぎで手伝ってほしいことがあるんです」

するべきことを説明しながらふたりで厨房に向かって歩いていると、廊下の先に、先ほど見たばかりの長身の騎士の姿があるのに気づいた。あれは——。

「アルフリード様？」

先日、この騎士の弟に一杯食わされたことを根に持つエーファは警戒心を隠さない。まあまあ、とアイリがそれを抑《おさ》えていると、屈強な騎士が言った。

「こちらで待っていれば、妃殿下がいらっしゃるとうかがいました……」

「は、はい。私に何かご用でしょうか？　──っ、アルフリード様⁉」

アルフリードの発する威圧感《いあつ》。ひるみながらも応えるアイリは驚いて声を上げた。アイリの目の前、くだんの騎士団長は片膝《かたひざ》をつき、こうべをたれたからだ。

「え、あの、いったい──」

「先日、我が弟のしでかしたこと、家長であるわたくしめの責任です。なんとお詫《わ》び申し上げればいいのか言葉もなく……今この場で、妃殿下のお気の済むようご処分を──と、申し上げたいところでありますが、どうか密猟の汚名《おめい》を雪《すす》ぐまで、処罰《しょばつ》を保留していただきたいのです。図々《ずうずう》しいお願いと承知で、こうしてはせ参じたしだい。なにとぞ、猶予《ゆうよ》を」

冷たい大理石の床《ゆか》に膝をつく騎士に対して、アイリは少しかがんで視線を合わせると、慌《あわ》てて言った。

「お待ちください⁉　どうして私なんです？　そのような申し出を、陛下ではなく、どうして私に……？」

顔を上げたアルフリードは、きょとん、とした表情だ。

「弟が傷つけたレディは、あなた様だからでございますが」

どうしてそんな当然のことを？　とばかりに。

アイリは再び驚いていた。

貴族の娘《むすめ》として、王侯《おうこう》貴族同士のやりとりを見て、彼らは男性を、とりわけ当主を立てることに腐心《ふしん》していたのを目《ま》の当たりにしてきたのだから。

「アルフリード様。とりあえず、お顔を上げてください」

アイリに促され立ち上がった国境の騎士団長は、先ほどの硬い表情よりも怖さが薄れていた。少し困ったような顔が、なんとなく主人から叱《しか》られる前のわんこっぽい、なんて失礼なことを考えてしまうアイリである。

ユリアンからされたことは、まぎれもなく未婚《みこん》の令嬢に対する最悪の侮辱《ぶじょく》であった。腹が立たなかったと言えば、嘘《うそ》になる。

アイリは背筋を伸ばし、毅然《きぜん》として言った。

「私から、イエルク家のみなさんを罰《ばっ》することはありません。ですが私はルプス国王の妃になる身です。二度目はないとご承知を」

「御意《ぎょい》に。ご恩情に感謝します」

ユリアンは奔放《ほんぽう》な弟なのだろう。奔放な妹に振り回され続きてきたアイリには身に覚えがあり、アルフリードに対しては、共感というか同情というか、他人事《ひとごと》ではない気持ちだ。

「アルフリード様。今日お茶会でお出ししたお菓子を包んで、国境騎士団のみなさんにおわけしようと思っていたところなんです。もしもよろしければ、なんですが」

それこそが、アイリがエーファに手伝ってもらいたいことだった。

アルフリードは、国境騎士団の騎士を引き連れ、遠路はるばる急いで王都に駆けつけてきた。そして、出発まで休息は十分にとはいかないだろう。

「それから、アルフリード様と、みなさんに、すぐに軽食を準備してお持ちしようかと。夕食までまだ時間がありますから」

アルフリードは疲《つか》れた顔をしていた。

弟や自身にかけられた疑い、それらを晴らさねばならないプレッシャー。彼は双肩《そうけん》に重たいものを背負っている。かつて、長女として伯爵《はくしゃく》家を守らなければというプレッシャーを背負っていたアイリは共感を覚えていた。

アルフリードの先ほどまでの悲壮《ひそう》なまなざしが、みるみる驚きに見開かれる。そして、アイリの含《ふく》みのない笑顔を見て、やわらぎ、おだやかなほほえみに変わる。

「お心遣《こころづか》い、いたみいります」

国境の騎士団長は、謝罪の礼を感謝の礼に取り直すのだった。

＊　☾　＊　＊

クヴェレ公の見舞い、そして聖地への巡礼のため、王領地へ赴く旅が始まった。

アイリとギルハルトのふたりを乗せた馬車の前後には、えりすぐりの銀狼騎士が騎乗《きじょう》し供をする。中には、先日街へお出かけする際に供をしてくれた見た目が地味な騎士であり、エーファの幼馴染《おさななじみ》だというフリッツの姿もあった。

さらに後ろからは、馬上のアルフリードと、彼の率いる騎士がやはり馬に乗りついてきている。アルフリードの騎士たちは、銀狼騎士団のような優雅《ゆうが》さはないが、いかにも屈強なつわものぞろいといった印象だ。

馬車の窓から隊列を見つめていると、ギルハルトが声をかけてきた。

「アルフリードが気になるか」

「はい」

弟ユリアンは兄を称《しょう》して『真面目』だと言っていたが、なるほどの忠臣ぶりだった。アルフリードのことも気にかかるが、彼とギルハルトとの関係もアイリには気になっていた。彼らの間にあるのは、純然たる主従関係だとアイリの目には映ったが、宮廷のどの臣下とも違う、目に見えない不思議な信頼があるようにも思えた。

ギルハルトはアイリに言った。

「都育ちの連中は、国境を守護するのに徹《てっ》している者の大変さがわかっていないのだ」

アルフリード支持者には、地方出身者が多いという。

「俺が人狼の血に惑《まど》っていたとき、最悪の場合、王位の禅譲《ぜんじょう》も宮廷で持ち上がっていた。

そのとき、アルフリードが候補に挙がったが、継承権の順位としては、クヴェレ公が一番上なんだ」

公爵も広大な領地を持っているが、はるかな昔、その地は異民族によって戦乱の場と化したことがあるという。この異民族は、いまだ小競《こぜ》り合いを国境にしかけ、まさに現在、アルフリード率いる国境騎士団が相手取っている。

おのれの領地を、かつてのように異民族から守り切れるか？　公爵は懸念しただろう。

慎重《しんちょう》な人物なので、表立った発言こそなかったが、もしもギルハルトが王として使い物にならなくなれば自分でもなければ、息子でもなく、かつて異民族を退けた狼神の血を色濃く残す男——アルフリードを推《お》していたかもしれない。

「そういう俺も、都育ちなんだがな。銀狼騎士団と共に国境騎士団の視察に行ったことはあるんだよ」

自らの鍛錬《たんれん》のためでもあった視察は二か月近くに及《およ》んだ。長期にわたる滞在《たいざい》中、ギルハルトは国境警備の仕事を体験したという。

交戦も経験した。

「なあ、アイリ。これは秘密のことなんだがな……俺は、ずっとあの地にいたかったんだ」

アイリは、ギルハルトの本音に黙《だま》ってうなずいた。

「人生で最高に血沸き肉躍《わおど》る思いをしたのは、あの二か月間だった。昼は共に剣の訓練をし、夜は差し向かって戦術や兵站《へいたん》を思案し論じ合う。アルフリードと一緒に、この先もずっとそれができれば素晴《すば》らしいと夢想した。ユリアンや、もうひとつ下の弟は剣を使わないというではないか。ああ、なんて惜しい……あれほどの騎士が身近にいながら——などと、彼らを妬《ねた》みすらしたものだ」

苦く笑って遠くを見つめる、アイスブルーの瞳が銀色の光をたたえる。

「アルフリード様と過ごされるのが、楽しかったんですね」

「野蛮《やばん》であると、呆《あき》れも笑いもしないんだな」

「呆れられたことが?」

「先の王妃に——母にな」

アイリを見つめるギルハルトの瞳には、過去に対する怒《いか》りも悲しみも浮《う》かんでいない。

それに安堵しながら、アイリはほほえみを返す。

「私も実家にいるときは、ここではないどこかへ憧れを抱いていたんです。馬に乗って、どこまでも遠くへ駆けていきたいって」

きっと誰かに言えば、呆れたり笑われたりしていたのだろう。そんなものはただの逃避《とうひ》だ、愚《おろ》かな夢想はやめなさい、と。

けれど、ギルハルトもアイリと同じく呆れてはいなかった。

「笑いはしないが……少し怖い。俺が連れて行くまでもなく、おまえは本当にどこまでも行ってしまいそうだから」

「私は、あなたのいるところにいますよ」

「ああ。いつまでも、そう言ってもらえるよう努力せねばならん」

ギルハルトの綺麗な横顔が笑う。

先ほど、アルフリードの話をしているギルハルトを笑いはしないアイリだったが、彼のきらきらしたまなざしは、まるでお友達と遊んではしゃいでいるわんちゃんみたいだな、なんて無礼にも思ってしまったことは内緒《ないしょ》だ。

そして——わんちゃんみたいな顔をするのは、この自分の前でだけだと思っていたことも。傲慢《ごうまん》である。強欲《ごうよく》である。嫉妬を覚えた自分すらいる。

アイリを離さない、と口では言いながら、戦友を欲し、遠く国境の地に思いをはせる彼の夢見るような瞳に対して。

そんな自分が情けなく、恥ずかしいと思いながらも、ふたりきりの馬車の中、無性《むしょう》に、ギルハルトを撫でたい気持ちになる。オオカミ耳も出ていないのに。

「どうした？」

——あなたに触れたいんです。

言い出せなくて、アイリは笑顔を作ってみせる。

「きっと、アルフリード様も、同じように思っていらっしゃいますよ」

それだけを言うのが精いっぱいだった。


巡礼の旅は、宿場町で一晩宿を取り、翌日には目的地に着くという行程だ。

王都から、巡礼地である賢者の森までの中継地《ちゅうけいち》である街は、けっこうな賑《にぎ》わいをみせていた。巡礼者とおぼしき者たちと同じくらい、異国の商人の姿も大勢ある。

馬車を降りたアイリは物珍《ものめずら》しく、周りを見回してしまう。令嬢としてはお行儀《ぎょうぎ》がよくないとはわかっていても、どうしても好奇心《こうきしん》には勝てなかった。

と、そこへ大きな軍馬がアイリに寄ってきた。

「わわっ」

動物に懐かれ慣れているし、どんな動物に寄ってこられても不思議と怖いと思ったことのないアイリであるが、これには驚く。どうやら国境騎士団の使う軍馬のようで、銀狼騎士団の馬よりも一回り大きい悍馬《かんば》ぞろいであった。

「妃殿下、ご無礼を」

言葉少なに詫びるアルフリードの部下たる国境の騎士は、馬の手綱を引いてアイリから引き離そうとするが馬は動こうとしない。それどころか、他の馬たちまでも続々とアイリに向かって寄ってくる。

最初はひるんだアイリだが、一見武骨な馬たちはしかし、みな毛並みが美しい。

「大事にされているのね」

おとなしくアイリの手に撫でられる彼らは、きっと主人想《おも》いのいい馬なのだろう。

自分たちの愛馬をにこにこしながら撫でる王の婚約者に、馬と同様に武骨な国境の騎士たちもまた、一様に驚いていた。中には他人には懐かない荒馬《あらうま》も交じっているというのに、彼女は分け隔《へだ》てることがない。

「うん、うん、順番ね」

アイリに撫でられたいと列をなす馬たちに、国境の騎士たちは驚きを通り越して、こわもてをぽかんとさせている。そちらをちらっとみやったアイリは、思わず漏れそうになった笑いをこらえた。申し訳ないけど、ちょっとおもしろい光景だ。

やがて、呆気《あっけ》にとられてぼうっとしていた国境の騎士たちは、我に返ったようにアイリに向き直り、何かを言いたげにしている。

――愛馬に気安く触《さわ》るな、と怒られるかしら？

と、思いきや、彼らのひとりが口を開いた。

「妃殿下、……先日は、我らに菓子をお包みいただき、かたじけのうございます」

深々と頭を下げる。

長旅の続く騎士たちへ、ねぎらいの菓子が行き渡っていたのか、とアイリはほっとして笑顔を返した。

「ご丁寧《ていねい》に。みなさんのお口に合いましたか？」

どういうわけか、アイリの問いに、武骨な騎士たちは顔を見合わせて困った顔をした。

「実は……自分たちは、菓子を口にはしておりませんで」

「？　どういうことでしょう」

「団長に全部渡しまして。我ら、甘いものよりも酒を好むというのもあるのですが」

「ええ、もちろん、差し上げるのはかまいませんが……アルフリード様は、お茶会でひとつもお菓子を召《め》し上がりませんでした。甘いものがお得意ではないのでは？」

「いいえ、それがですね……」

すると、そのとき、アイリのなでなでの行列に横入りしてくる馬の姿がある。ルプス国では見慣れぬ馬具を装備している、どうやら異国の馬であるらしい。

横入りのその馬に乗っていた男もまた、異国人であるようだ。裾《すそ》の長い白い上着に緑色に金の縁取《ふちど》りが入ったマント姿——おそらく北東の山岳地帯《さんがくちたい》、隣国フェリスの商人だ。商人に手綱を引かれる馬はそれを無視してアイリに近づいてくる。

焦ったように商人は馬の首を叩いて言った。

「こらこらっ、どうした相棒、そっちに塩でもあったかあ？　おまえ牛じゃないだろが」

「牛？」

「おう、お嬢《じょう》さん。はるか東方の王は、大勢の寵姫《ちょうき》を抱えてな、夜な夜な牛車に乗って彼女らの家々を渡り歩いていた。王を独《ひと》り占《じ》めしたい寵姫は、家の前に塩を盛って、牛を足止めしたってぇ話だ」

身振《みぶ》り手振りを交え、なつっこいしゃべり方をするフェリス商人はまだ若い青年といった風情《ふぜい》である。

「以来、その国じゃ、客の足止めする縁起《えんぎ》ものだっつって軒下《のきした》に塩を盛るんだって。どうです、景気のいい話でしょ？」

明るい金髪《きんぱつ》ののぞく日よけの被《かぶ》り布の下からアイリと、彼女の前にずらりいならぶ馬、そして屈強な騎士たちをみやると、さっと馬から降り礼をとる。

「こいつは失礼。お嬢さんは、どうも名のあるご婦人のようで。しかし、ずいぶん大仰《おおぎょう》ですねぇ。大名行列ですかい」

銀狼騎士団と旅程について話し合っていたギルハルトが、アイリと商人が話しているのに気づき、前に出てきた。

「そなたは……フェリス国から来た者か？」

「へい。その通りで」

その答えに、ギルハルトは目をすがめる。

鋭い視線を向けられた商人は手を振った。

「怖い顔しちゃいやですよぉ、お偉《えら》いかた。俺はまっとうに商《あきな》ってますからね」

異国の商人にいくつかの質問をしたギルハルトはやがて、核心《かくしん》に迫《せま》る。

「この先の公爵領の方面から、何か変わった商品が入ってきたという話を聞いてはいないか？」

「変わった、といいますと」

「動物の毛皮や、薬草、そういったものだ」

「ふうん。そいつぁ、ルプスの絶対禁猟区から流れてきてるって噂《うわさ》のアレですかい」

ギルハルトとアイリは視線を交わす。

「そいつはうちより、ラケルタの方に流れるでしょうよ」

商人の言葉に、アイリはまばたく。

「ラケルタ国ですか？　その国は、ルプスとは不仲な国のはずですが」

まさしく、国境騎士団が小競り合いを仕掛《しか》けれらている異民族の国こそがラケルタという国だ。

「そうでさ。不仲なもんだから、売れるんですよぉ。ルプス国の象徴《しょうちょう》っていったら、狼でしょ。だから、うちに流す《フェリス》のとは比べ物にならない、ルプス産の狼の毛皮が目ん玉飛び出るくらいの値段で売れるんですよぉ。うちとも、ラケルタ国は仲よしとは言えないんでねえ。どんなルートで流れてるのかまでは、存じ上げませんが」

「本当に知らないのだな」

さぐるようなギルハルトの瞳に、金髪の商人は再度断じる。

「存じ上げません。うちはまっとうな商売しかしてませんからねぇ」

ギルハルトの後に控えていた銀狼騎士のひとりが商人の荷をあらためている間、ギルハルトがさらに問うた。

「そなた、我が国の商人と取引が多いのか」

「はい。ごひいきにしていただいてますよ」

「ユリアン・イエルク、並びにマルコ・マイゼンという男の名に覚えは？　そっちの国にも行き来しているという話だが」

「ユリアンの旦那《だんな》ですかぃ？　そのお方なら存じ上げてますよ。旦那は国境騎士団の団長補佐。有名ですからねぇ。イェルクといえば、貴《とうと》い血を引いた三兄弟でたいそう仲がいいってことでも知られてまさぁ」

「商人の間で、イェルク家について何か噂は聞いていないだろうか」

この質問に、くくっ、と商人は喉《のど》で笑った。髪と同じ金色の瞳が、猫《ねこ》のように細められる。

「いやぁ、これは失礼。ルプス国の貴人は商う者から、対価もなしに情報を得られると教育されるのですねぇ」

ギルハルトが何かを答えるより早く、主君に対する無礼に、銀狼騎士が気色《けしき》ばむ。

「無礼者、そこに直れ！」

それを、手を上げてさえぎるギルハルト。

商人は「おお怖い！」とばかりに肩をすくめた。

「今回は、特別サービスですよぉ。さっき、そっちのご武人が話してたの、偶然《ぐうぜん》耳に入ったんですがね。鉄壁《てっぺき》の騎士団長。うちの国では、有名人のアルフリード・イェルク様。同盟相手の間はいいけど、敵に回すとさぞ恐ろしいお方だろうと、恐れられてもいますんで。ああ、でもねぇ。恐ろしいと同時に、なかなかおもしろいお方だって話で」

今度は、国境の騎士たちが気色ばむかと思いきや、彼らは困惑顔《こんわくがお》をしているが何も言おうとしない。

奇妙《きみょう》な空気だとアイリが思っていると、軽快な口調の商人がにこにこ顔で暴露《ばくろ》する。

「なんでも鉄壁の騎士団長サマはぁ、焼き菓子妖怪《クッキーモンスター》なんですって。甘いものに目がないって話ですよぉ！」

「へ……？」

先ほども、国境の騎士たちがアルフリードに菓子を『全部渡しまして』と言っていたけれど。だったらなぜ、茶会ではひとつも手をつけなかったのか？

「目の前にある皿に山盛りの菓子を、ぜーんぶ平らげちまったんだと。芸人もかくやの光景は一瞬《いっしゅん》のできごとで、居合わせた連中、目を丸くして驚いたって話でさぁ。酒豪《しゅごう》の多いうちの国は、甘いもの好きの男はナメられるんですけどね、そういう次元の話じゃないでしょ？　しかし、くだんの騎士様は、うちの国と交流が深いお方で、それはもう、死ぬほど反省なすって、その大食い芸は封印《ふういん》しちまったんで。なにせ、騎士ってのは、何においても矜持《きょうじ》を重んじるもんですから、沽券《こけん》にかかわるってんで――」

身振り手振り、よく通るなかなかに美声の、金髪の商人が得意げにおもしろ話を披露《ひろう》するのを、ごほん！　という大きな咳払いが遮った。

気づくと、馬に乗りこちらに近づいてくるのは俎上《そじょう》の騎士、アルフリードだった。

「っ、あっしは、これにて失礼しまさぁ！」

屈強な騎士団長が姿を見せた途端、商人はひゅっと息を飲んで口を閉じるなり、馬の頭を巡《めぐ》らせる。

アイリのなでなでを惜しむ馬の腹にかかとを入れて立ち去る商人と入れ替わり、アルフリードの馬がアイリのなでなでの列に並ぶ。

「……この行列はいったい……？」

やはり戸惑うアルフリードに対して、ギルハルトが言った。

「アルフリード、あのフェリス商人と面識が？」

たしかに、商人とアルフリードは視線を合わせた。

まるで逃げるように立ち去った商人。一方のアルフリードは顔色ひとつ変えなかった、というのに背を向ける瞬間の商人の瞳は笑っていた……？　むしろ、アルフリードのほうが緑色の瞳に動揺を走らせた。両者のリアクションは、奇妙で矛盾《むじゅん》していた。

質問に、しばし沈黙《ちんもく》したアルフリードは、やがて口を開く。

「存じております。かの商人は、我が国境騎士団の砦《とりで》を訪れ、ユリアンと商売の話をしているのを何度か見ていますので。こんなところにまで来ていたのかと、少々驚きましたが」

声からも表情からも、すでに動揺を拭い去ったアルフリードは言う。

「あの商人が、陛下に対して何か粗相《そそう》を？」

「いいや。反対だ。俺の粗相に苦言を呈《てい》された」

「なんと……」

「隣国でも貴殿の兄弟仲はいいと広く知れ渡っていると話していたぞ」

「……お恥ずかしい限り」

「アルフリード様、お菓子、お好きだったんですね……？」

アイリに恐る恐る問われた騎士は、とたん、ぐうっと黙り込む。その渋面が、わかりやすく赤面していて、先ほどの商人との邂逅《かいこう》よりもよほど動揺しているようだった。

「また、お好きなお菓子を教えてくださいね？」

気の毒になるほどのうろたえぶりに、これ以上、突っ込んで聞くのがかわいそうになってアイリはそれだけ言うのだった。

――2. オオカミなんて怖くない？

貴人が御用達《ごようたし》にしているという宿の部屋は清潔で、ひとめで高級とわかる調度《ちょうど》が品よく並んでいる。

今晩はエーファと一緒《いっしょ》の部屋に宿泊《しゅくはく》することになったアイリは、寝《ね》る支度《したく》を整え、広々としたベッドの上にいた。膝《ひざ》の上では、白いフクロウが気持ちよさそうにうとうとくつろいでいて、それを撫《な》でてやっているとエーファが言った。

「陛下《へいか》だけに許された膝枕《ひざまくら》をしてもらえるなんて。幸せなフクロウちゃんですわねえ」

今回の旅に、シロは勝手に飛んでついてきてしまったのだ。

「私たちが、この子の故郷に行くってわかっていてついてきてしまったのかもしれません。シロは賢《かしこ》い子ですから」

どうやらシロは、アイリの言葉を理解しているようで。

「シロ、故郷が恋《こい》しくなったの？」

アイリの質問に、フクロウはくるりと首をかしげてみせる。愛らしいしぐさにアイリが笑うと、エーファが言った。

「行程通りにいけば、馬車の旅は明日まで。昼前には公爵領《こうしゃくりょう》に入ります。サイラスから、言付《ことづ》かっていることをお伝えしますわね。『アルフリード殿《どの》には、くれぐれも心を許されませんように』だそうですわ」

かつてアルフリードの母親には、先の王妃《おうひ》より暗殺者が送り込まれた。暗殺自体は未遂《みすい》で済んだが、その凶行《きょうこう》により、アルフリードの末弟《まってい》が現在も後遺症《こういしょう》を残しているという。

この暗殺者は《猟犬《りょうけん》》といって、人狼《じんろう》の血を引く者を殺す毒を所有している。

王に弓引く者を誅《ちゅう》する役目を持つ《猟犬》を、ギルハルトの母はまったく個人的な恨《うら》みでけしかけたというわけだ。

「エーファさん……サイラスさんから聞きました。エーファさんが、その《猟犬》であるということを」

アイリがこの旅に赴《おもむ》くにあたって、サイラスから報《しら》されたいくつかの驚《おどろ》くべき事実の中で、侍女頭《じじょがしら》のエーファと地味騎士《きし》のフリッツが《猟犬》であると明かされたのだった。

つまり――エーファはアイリの命令があれば、イェルク兄弟を誅することができる。ギルハルトの母と同様に。

そんなことは決してしないけれど……エーファと会話を交《か》わすときは、リラックスしていたアイリだが、真実を知った今、少しばかり身構えざるを得ない。

エーファとて、未遂とはいえ無辜《むこ》の母子に手をかけざるを得なかった者たちと同じ役に就いていることは承知しているはずで。彼女は、いったいどんな気持ちでアイリに接していたのだろう……。

「アルフリード様がアイリ様に対して膝を折ってみせたのは、アイリ様が彼の弟たちに対して直《じか》に手を下せるお立場にあるからだと、わたくしは踏《ふ》んでいます。もしもアイリ様がその気になれば——たとえば、ユリアン・イェルクが『陛下の治世のために必要なアイリ様を、悪意を持って奪《うば》おうと企《たくら》んだ』と、アイリ様が認定《にんてい》すれば、このわたくしが奴《やつ》めを誅することができますもの」

狼神《ろうしん》の血を引く者の肉体は頑丈《がんじょう》にできており、普通《ふつう》の毒程度では死なないという。だから、彼らは狼神に効く特殊《とくしゅ》な毒を使うのだ。

「どうなさいます、アイリ様。ブスッとやっちゃいます？」

そう問うエーファの瞳《ひとみ》が、わくわくきらきら輝《かがや》いていて。

「えっと……エーファさん？　冗談《じょうだん》、ですよね？」

アイリの問いに、エーファはしばしの沈黙《ちんもく》ののち、珍《めずら》しく歯切れの悪い口調で返した。

「もちろんですわぁ」

ちぇ、と舌打ちせんばかりに。

——も、ものすごく残念そうに見えるんだけど……。

怖《こわ》くて問いただすことのできないアイリである。

「エーファさんも、人狼を殺す毒を持っていらっしゃるんですか？」

「ええ、持っていますわ」

「そ、そうなんですね……」

改めて、いつも笑顔《えがお》で自分の世話をしてくれる侍女が、そんな物騒《ぶっそう》なものを持っているなんて想像もしなかった。

「毒は、サイラスさんが用意しているんですか？」

「わたくしが受け取るのはサイラスからですが、毒を作るのはサイラスではありませんわ。あの無表情メガネ、いかにも作れそうな見た目してますけどね」

「では、どなたが作って？」

「企業《きぎょう》秘密ですの、と申し上げたいところなのですが、アイリ様は、我らの使い方を間《ま》違《ちが》えないよう我らについてより深く知る必要がありますわよね。知らなくていいことは、知らないままの方が幸せだと、エーファは考えているんですが」

「教えてください。エーファさんの言う通り、より深く知る必要があります。私にはエーファさんとフリッツさんに対して責任がありますから」

真剣《しんけん》な主《あるじ》の瞳に、エーファもまた真摯《しんし》な瞳を返して言った。

「かしこまりました。まず、サイラス・レッチェがどのような経緯《けいい》で《猟犬》を率いるに至ったかをご説明します。先代の《猟犬》総長はサイラスのお父上に当たる方ですの。そもそも、《猟犬》は、先の陛下によりいったん解散させられたのですが」

これは、イェルク兄弟の母親を——側室暗殺に失敗したことに起因する。

実行にあたった幾人《いくにん》かの《猟犬》は、愛する側室の暗殺未遂に激昂《げっこう》した先王によって処《しょ》刑《けい》されたのちに、解散を命じられたという。

表向きの解散をしたものの、サイラスの父によりえりすぐりのメンバーだけが残され、彼らによって新たな《猟犬》をいちから育成。表立って復活することが難しく、サイラスにこっそり託《たく》された、というわけだ。

これこそが現《猟犬》のエーファとフリッツである。

「《猟犬》の存在は、いにしえの契約《けいやく》により定められたものでして、いくら王であってもやすやすと解散させていいものではないという話です。なんでも、パワーバランスが崩《くず》れるとかで」

「バランス、ですか」

「王に弓引く者を殺す《猟犬》と対《つい》となっているのが、人狼の血に呑《の》まれた王を殺す《調停者》という存在だそうですわ」

「王を、殺す……？」

アイリは心臓がひやりとした。

もしもアイリが王宮を訪《おとず》れず、ギルハルトが他の月の聖女にも出会うことなく、人狼の血を鎮《しず》めることができなければ？　あのまま人狼の血に呑まれて正体を失っていれば、《調停者》なる者に殺されていたかもしれない、ということか……？

ちなみに《猟犬》は王ではなく、月の聖女に付き従うのが契約に定められているという。人狼の血の濃《こ》い王をなだめる力を持つ月の聖女の安寧《あんねい》こそが、《調停者》に王を狙《ねら》わせないための最大の抑止《よくし》となるためだ。

「月の聖女の安寧……え？　ま、まさか、サイラスさんの言っていた『宮廷《きゅうてい》☆ハッピーライフ』って――」

「……ええ。あのメガネ、いちいちわかりづらいうえに、回りくどくてイラッとはくるんですが、一度気に入った人間に対して不利益なことはまずしませんわ。一見無意味なことに思えても、すべては陛下をお守りするためのことだった、というオチが待っていることが大抵《たいてい》でして……まあ、わたくしとしては、アイリ様がハッピーであるなら、もうなんでもいいんですがね」

ふふふ、と笑うエーファは目が死んでいる。

サイラスのサイはサイコパスのサイ。

何を考えているかわからない無表情メガネに長年振《ふ》り回され続けている彼女は、深く考えたら負けと悟《さと》っているのだ。

「わたくしは《調停者》に会ったことはないですが、サイラスはこの《調停者》から人狼を殺す薬を得ています」

王を守るために、王を殺す毒と同じものを、王を誅する役割を持つ者から受け取る、というのも、ずいぶん悪趣味《あくしゅみ》な話に思えるが。

「それはともかくとして、わたくしがこの旅に同行する必要がある理由はおわかりいただけたと思います」

「アルフリード様を警戒《けいかい》してのことですか」

「おっしゃる通りです。もし、この旅で陛下やアイリ様に牙《きば》をむくようであれば、わたくしは――」

「そんなことにはならないよう、全力をつくします」

ただでさえ血縁《けつえん》に軋轢《あつれき》を抱《かか》えるギルハルトに新たな火種を増やすわけにはいかない。何より、エーファにそんなことをさせたくはなかった。

「私……エーファさんがそんな大変なお役目を背負っているとは知らず、今まで、たくさん甘えてしまってて……」

しょんぼりしながらアイリがつぶやけば、侍女頭は目を見開いて首を振る。

「な、何をおっしゃるんですっ⁉　そんなお顔をなさらないで、アイリ様、もっともっとこのエーファに甘えてくださいまし！　大変なお役目を背負っているのは、アイリ様のほうですのよ。どうか、お覚悟《かくご》くださいませ。サイラスから説明があったと思いますが、この先、聖地に向かうにつれ、陛下が人狼の血に昂《たかぶ》ることがあるやもしれないと。その陛下を抑《おさ》えることができるのは、この世にアイリ様しかいらっしゃいませんのよ！」

アイリもまた、サイラスから忠告を受けている。

賢者《けんじゃ》の森では、ギルハルトの身に何が起きるかわからない、と。

巡礼《じゅんれい》に訪れた歴代の王で、人狼の血が強くカリスマ性に優《すぐ》れた王ほど、賢者の森が近づくにつれなんらかの影響《えいきょう》を受けたという記録が残っている。

「それについては心配ありませんよ、エーファさん。私がなんとかしてみせますから」

これまでだって、どうにかできたのだから。

エーファを安心させたくて笑顔を見せれば、エーファは大きくうなずいた。

「はい。アイリ様、他の者には漏《も》れないよう、このエーファが全力でサポートかつ細心の注意を払《はら》いますので、どうか安心なさってお努めになってくださいね」

おや、とアイリは思う。ギルハルトのオオカミ耳に関して知っているのはアイリとサイラスのふたりきりで、エーファは知らないはず。それを他者に漏れないように手伝ってくれる、とは？

「えっと……私、何に努めればいいのでしょうか？」

うかつに彼の秘密を明かしてはならぬと慎重《しんちょう》に問えば、エーファはしかし、どういうわけか口角をゆがめて、いつもは決して見せないような奇妙《きみょう》な笑み《え》を浮《う》かべた。

ニヤニヤ、としか形容のしようのない笑みである。

「エーファさん？」

「……あの、いえ、んふっ、銀狼《ぎんろう》陛下がどうなっちゃうか、このエーファにも予想つきませんし、アイリ様は、陛下といちゃいちゃしていらしたらいいんですの、なんて無責任なこと、とても申し上げられないのですが。オオカミといえば、オオカミですのよね、んふふふふ」

耳を引っ込ませることが、傍《はた》から見ればいちゃいちゃしていると誤解されるのは仕方がないけれど。

「失礼しましたわ、アイリ様。アイリ様がなさるオオカミ陛下のお世話、んふっ、このエーファ、全力で応援《おうえん》します♡　と申し上げたかったんですの」

「？　はい、ありがとうございます。がんばりますね」

「……ああ、なんておかわいらしい。わたくしのご主人様、純真すぎぃ……」

「あの？　今、なんと言ったのかよく聞こえなくて」

「アイリ様がゆっくりお休みになれる夜は、きっと今晩で最後になりますわ、と申し上げたんですわ。さあさ、ぐっすりたっぷりお休みくださいませ」

「ええ、そうですね」

この先に、どんな冒険《ぼうけん》が待っているのか。賢者の森とは、どんな場所であるのか。何もかもが未知だけれど、それでも、アイリの心は怯《おび》えよりも決意に燃えていた。

――きっと、ギルハルトをどんなピンチからも護《まも》ってみせる！

……が、いろんな意味でピンチを迎《むか》えるのはアイリ自身であること、この夜のエーファの含《ふく》み笑いと、彼女の言った『オオカミ』の意味を、後にアイリは身をもって思い知ることになるのである。

アイリが決意を燃やす夜、ギルハルトの泊《とま》る客室では銀狼騎士にしては地味であり、その実態は暗躍《あんやく》を旨《むね》とする《猟犬》の一員、フリッツによる報告が行われていた。

ギルハルトは、アイリに接触《せっしょく》してきた異国の商人について、フリッツに調べるようにと命じていたのだ。

「旅の商人が泊る宿の客引きに聞き込みしたんですが、あのフェリス商人、急ぎの旅だったようで、この宿場には泊っていないそうです。初めて目にする男だったそうですよ」

被《かぶ》り布で顔を隠《かく》してはいたが、金髪《きんぱつ》とそこからのぞく金の瞳が印象的な男だった。

「あの男、ルプス語のなまりがわざとらしかった」

豪華《ごうか》な客室のひとり掛《が》けのソファに足を組んで腰《こし》を下ろし、ひじ掛けに頬杖《ほおづえ》をついた格好でギルハルトは記憶《きおく》を反芻《はんすう》する。

「陛下。俺の目には、あの男、姿勢がよすぎたように見えまして」

「ああ……商人というより、得物《えもの》を振るう者の馬の乗り方をしていたな」

アルフリードの姿に、男はまるで逃《に》げるようにその場を後にした。馬を操《あやつ》るとき右手を使わず、左手だけで巧《たく》みに手綱《たづな》を捌《さば》いていた。慌《あわ》てていたせいで癖《くせ》を露呈《ろてい》してしまったのだとすれば――。

「あの男、賢者の森の薬師《くすし》の村落について、情報収集してたという話です。そのとき、彼はマルコについても聞き込みをしていたみたいですね」

「ほう」

マルコは、ユリアンの商《あきな》いの右腕《みぎうで》であり、賢者の森で消息を絶ったという。

金髪の自称《じしょう》商人は、ユリアンと付き合いがあったというならば、マルコとも面識があって不思議ないけれど、それを探しているとは？　失踪《しっそう》とかかわりがあるのだろうか。

「ご苦労だったな、フリッツ。本来は王妃である、アイリの命令を聞かねばならんところを」

フリッツは《猟犬》である。本来であれば、アルフリードの動向に注視し、アイリについているようにと命じられているので、あまり長く隊を離《はな》れられないところだ。

「臨機応変に、ですよ。《猟犬》が暇《ひま》だったら、ろくなことにならないってのは、時代が証明してますから――って、っ、こいつは、申し訳ありませんっ！」

普段《ふだん》は王の御前《おんまえ》であっても、おちゃらけた調子を崩さない肝《きも》の太いこの《猟犬》は、行きすぎた失言に慌てているらしい。その場に膝をつく。

先の王妃の話題は、ギルハルトにとって絶対の禁句であるというのが宮廷での暗黙《あんもく》の了解《りょうかい》なのだ。

ギルハルトは手を振った。

「いい。事実だ」

たしかに、暗殺をつかさどる組織が長閑《のどか》であるのは毒だった。ギルハルトの母により、いにしえの約束に外れた暗殺を命じられた《猟犬》は、その頃にはすっかり形骸《けいがい》化していたという。

表向きは形骸化を理由に解散を命じられた《猟犬》は、サイラスの父親の独断で、こっそり存続したということで。

「俺もサイラスから聞いたばかりなんだが……サイラスを含めて、たったの三人という話だな」

「おそれながら、サイラスさんは数に入ってはいないそうですよ。なにせ、存続は非公式。あの人は、調停者と俺らを仲介《ちゅうかい》しているだけ、だなんて嘯《うそぶ》いてます。非公式なだけに、活動費はすべてがサイラスさんの自費なんですって」

知らなかったのはギルハルトの無知が招いたことであるが、それでも、私的に王家に仕える暗殺隊を抱えていた、というのはなかなかにやることが恐《おそ》ろしい。

下手をすれば、宮廷から糾弾《きゅうだん》され、つるし上げられてもおかしくない所業である。

「そうなれば、まあ、サイラスさんはさっさと宮廷から出てたでしょうがねぇ」

「だろうな」

金にも権威《けんい》にも無頓着《むとんちゃく》のあのサイコパスメガネが何を考えているか、それなりに付き合いの長いギルハルトにもわからない。わからなくはあるけれど、あの男はいつでもギルハルトのためにと動いている。これだけは間違いがない。

ギルハルトは学生時代、サイラスに対して人狼の血の片鱗《へんりん》を見せたことがある。生まれてから王宮での生活しか知らなかったギルハルトは、市井《しせい》の生活に興味津々《きょうみしんしん》であった。だから、サイラスの口から聞く市井の生活の話はどれも興味深く、ついにギルハルトは我慢《がまん》できなくなり、お忍《しの》びでの街の散策の案内を頼《たの》み込んだのだ。

しつこく頼んだ甲斐《かい》あり、折れたサイラスとふたりきりの社会見学は楽しかった。あまりにも楽しくて帰りが遅《おそ》くなってしまうくらいに。

満月の出ている夜の街を、急いで宿舎に戻《もど》るために速足に歩いていると、ごろつきに絡《から》まれた。世間知らずの貴族の坊《ぼっ》ちゃんをカモにしようとしたのだろう。

そのとき、サイラスはギルハルトをかばって、腕を斬《き》りつけられた。かばう必要なんてなかったが、サイラスの行動は妥当《だとう》であったのだろう。街の案内を買って出たのはサイラスであり、ギルハルトは王太子である。ギルハルトに何かがあれば責を問われるのは、サイラスなのだ。

それはともかくとして、満月の晩、友の血を目《ま》の当たりにしたギルハルトは、おのれの中の血の騒《さわ》ぎに抗《あらが》えなかった。ごろつきどもを完膚《かんぷ》なきまで叩《たた》きのめし、裏路地を血の海にした。そこまでする必要はなかったのだが自分を抑えられなかった。案の定、王都の警邏《けいら》は大騒《おおさわ》ぎ、宮廷では厳重注意、しばらく謹慎《きんしん》に処され、当然、同じく処分対象となったサイラスであるが、こちらの方が重い罰《ばつ》が下り長期間の蟄居《ちっきょ》を言い渡《わた》された。

あの夜、自制できなかったことをギルハルトは重く受け取り、深く反省した。同時に自分の持つ獣性《じゅうせい》を嫌悪《けんお》した。あんなにも簡単に理性を欠くなんて、母になじられた通りの醜《みにく》い獣《けもの》ではないかと。そして、あんな姿を見たサイラスは自分から離れていくだろうと思っていた。

しかし、サイラスは自分から離れなかった。それどころか、『お傍《そば》であなたを支えたい』、などと申し出る始末である。

おのれのあの姿を見て、なお自分についてきたというのが、ギルハルトがサイラスを腹心《ふくしん》とする理由のひとつである。そして、もうひとつ。蟄居の解けたばかりのサイラスから、言われたことがある。

『あなたが人狼の血を色濃く発現している理由——私に無関係ではないかもしれません』

その真意を問いただしてみても、一度もすっきりとした答えを得られたことがない。

単なる慰《なぐさ》めだったのだろうか、と、結論付けていたが、あれは《猟犬》を任されているという意味での『無関係ではない』であったのだろうか——。

「サイラスの野郎《やろう》は、いつから《猟犬》を任されているんだ」

「俺らがガキ——いえ、子どもの頃《ころ》からです。もう十年以上になりますか」

ということは、サイラス自身も子どもであったということで。

「おまえたちは、子どもの頃から《猟犬》だったのだな」

「はい。俺ら、ふたりしかいませんし、私設部隊も同然ではありますが、それでも冗談みたいに厳しい訓練受けてますんで、ご安心ください。俺ら、意外といろいろできますよ」

「いろいろ、か。人狼の血を引く者を——アルフリードを殺すこともいとわない、と」

「妃殿下《ひでんか》のご命令があれば」

フリッツの返答には少しの逡巡《しゅんじゅん》もなかった。

「…………」

アイリにそんなことをさせられるはずがない。

サイラスは、《猟犬》と、《調停者》とやらの橋渡し役だという。つまり、賢者の森と無関係ではない。月の聖女探しのときには王国史を漁《あさ》って調べ物をし、それでも、不確かなことが多いと言っていた。

王都について知らないことはないくらい、情報に明るい男が、どうして人狼の血についてや月の聖女については、さぐりさぐりであるのだろう？

サイラスは極《きわ》めて現実的な男であるし、ギルハルトに生えたオオカミ耳を見て笑い転げたくらいだ。後にも先にも、あんなに笑ったサイラスは見たことない。

――なんであんなに笑ったんだ、あいつ……。

「サイラスさんによると、賢者の森の賢者っていうのが、魔術《まじゅつ》？　ってのが使えるらしいんですよ」

フリッツの証言に、ギルハルトは驚かなかった。

自分の頭にオオカミ耳が生えるなんて不可思議な現象を目の当たりにし続けてきたのだ。ルプス国ではおとぎ話扱《あつか》いである魔術とやらがあったってなんら不思議はないし、賢者の森周辺の村落には、それこそ魔術めいた薬を扱う者たちが住まうという。

「ところがサイラスさんは、この森の賢者と接することはあるのだそうですが、魔術についてはまったく、何ひとつ教えてもらえないんだそうで」

サイラスは、月の聖女をフィクションだと思っていたくらいなのだ。

「ものすごーく、知りたいんだそうですがねぇ」

「なるほど、森の賢者って奴は、なかなかに人を見る目があるらしい。あのサイコパスメガネがそんなもんを知れば、何に使うかわからないと見抜《みぬ》いているのか」

立場上、正面切って同意できないフリッツは、明らかに笑いをかみ殺しつつ、視線をそらしながら言葉を濁《にご》した。

「っ、くくく……いやぁ……魔術っていうのは、どうも徹底《てってい》して秘されているんだそうですよ。なにせ、大昔に濫用《らんよう》して、滅《ほろ》びかけた国があるって話で」

それは、おとぎ話として伝わっていることだ。

ルプス建国前に、この地を奪おうとしてきた異民族——ラケルタ国だ。

滅びかけただけに、大きく国力を失ったラケルタ人は、長く静かに暮らしていたが、資源乏《とぼ》しく冬は長く、凶作《きょうさく》の続く近年、たびたび国境を踏み越《こ》えてきた。

「単なる、大げさに伝わった伝説ってわけでもなさそうだな……」

しかし、魔術とやらを使った攻撃《こうげき》をしてきたと、アルフリードから報告を受けたことはない。目の当たりにしない以上、眉唾《まゆつば》であるのには変わりないが、ルプス建国の直前、ラケルタ国は賢者の森をピンポイントに占領《せんりょう》しようとしたという記録が残っている。

——賢者の森には、魔術ってのを使うために必須《ひっす》のものがあるってことか？

賢者の森でしか採取できない薬効の薬草があるという。そういう資源が必要だということだろうか。

そうなれば、森の賢者とて魔術を扱える可能性はおおいにある。

「森の賢者とやらの機嫌《きげん》を損《そこ》ねないよう、せいぜい気を付けねばならんようだ」

ギルハルトは耳だけでなく、魔術を使って本物のオオカミにでも姿を変えられてしまえばたまらない……いや、アイリに全身モフられるならば、やぶさかでもないか？

近頃、すっかり人狼の血も安定し、アイリに撫でられる機会が少ないものだから、らちもなくそんなことを考えてしまうギルハルトである。

まさか、大真面目な顔をして黙考《もっこう》している目の前の銀狼王が、婚約《こんやく》者にいかにしてモフられたがっているかなんて考えもしないフリッツが口を開く。

「陛下。サイラスさんから、ふたつ伝言がありまして。直に申し上げられなかったのは、出立《しゅったつ》でばたばたしていて、ふたりきりになれる時間がなかったそうで」

「内密のことか」

「そうでもないと思うんですが……あ、申し上げても？　まず、ひとつ目『そこは王宮ではないのですから、ぞんぶんにご自分のお心に従って行動してください』だそうです」

「は？」

「我慢は体によくない、と」

人狼の血が騒ぐことを言っているのだろうか？　アイリが傍にいるんだ、問題ないだろう。というか、人狼の血が騒いでオオカミ耳が出たらアイリに撫でられるんだと、すでにわくわくしているくらい、心に従いまくっている。言われるまでもない、と、内心鼻で笑って先を促《うなが》した。

「ふたつ目は？」

フリッツは、ちょっと困ったように言った。

「あー……妃殿下の連れておられる、白いフクロウ？　なんですが」

「……勝手についてきやがったアレのことか……」

なぜだろうか、ギルハルトは、あのフクロウがひどく気に入らない。

──アイリにべたべたしやがって。

そういう苛立《いらだ》たしさもあるのだが、見ているだけで毛が逆立つような、天敵でも目の当たりにしたかのような本能的な何かが嫌悪するのだ。

理由がわからないだけに、気持ちが悪く、余計に嫌悪を募《つの》らせているところである。

「あーっと……陛下？　これ、妃殿下にはお伝えしないでください。あのフクロウ、ずっと妃殿下にひっついているでしょう。サイラスさんによると、『アイリ様より、むしろ、フクロウに伝わらないように気を付けてほしい』とかで」

「？　どういうことだ」

鳥に人間の言葉がわかるはずないだろう、と眉《まゆ》をひそめるギルハルト。

エーファから、アイリの部屋で当のフクロウが眠りこけているとリサーチ済みのフリッツは、声をひそめて一字一句間違いなく伝えろ、と厳命された言葉を口に出す。

「『殺す以外ならば、どんな方法でもかまいません。アレを絶対に、百パーセント、間違いなく、確実に、森に捨ててきてください』――だそうです」


銀狼王とその婚約者を乗せた馬車の一行は順調に進み、公爵領に入った。

公爵領は広大である。牧草、小麦の農耕をしている地域が長く続き、そこを抜けてさらに進めば、徐々《じょじょ》に切り開かれることのない自然のままの森が広がる地帯に差《さ》しかかる。

アイリは隣《となり》に座るギルハルトの様子をうかがいながら、恐る恐る声をかけた。

「ギルハルト、王領地が近づいてきていますね」

「ああ、そうだな……」

アイリの隣、深い緑の木々の連なりに、ギルハルトは瞳を鋭《するど》く細めている。

「聖地である賢者の森では、あらゆる者に獣を狩《か》ることを禁じている。つまり、このあたりで牧畜《ぼくちく》をすることができない」

「狩りができないということは、狼《おおかみ》や野犬の狩猟《しゅりょう》もできないということですものね……」

「その通りだ。狼や野犬が野放図に増えれば、育てた家畜《かちく》を食われてしまうからな」

家畜が食われるということは、耕作に使う牛や馬も食われるということだ。このあたりに農夫は暮らしていくことができない。

「だから、賢者の森周辺には薬師の村落しかないし、制限つきの不利な土地なので税金を低く設定している、ということですね」

「ああ。さすが俺の妃《きさき》だな、よく知っている」

「サイラスさんに教えてもらいましたから」

「勉強熱心だ」

ふっと優《やさ》しく笑う顔は、しかし、すぐに難しく何かを考えるような顔になる。

ギルハルトは、額を押さえてうつむくと、それきり黙《だま》り込んでしまい——王領地が近づくにつれ、ギルハルトの様子はこんな調子だった。

アイリは、ギルハルトが渋面《じゅうめん》を作って黙り込むたび、声をかけているが、「大丈夫《だいじょうぶ》だ」と答えるばかり。アイリを安心させるために、無理に話をしてくれているらしい。

我慢ができずに彼の背中に手を伸《の》ばす。

「ギルハルト、もしかして馬車酔《よ》いをしましたか？　騎士のみなさんに、少し止まってもらうように言いましょう」

「……平気だ。問題ない」

頑迷《がんめい》に言い放ち、身を固くしているギルハルトであるが、アイリもまた、少しおのれの感覚に違和《いわ》を覚えていた。

外は晴天で車内は十分に明るいはずなのに、差し込んでくる光の粒《つぶ》まで見えそうなくらい、視界がちらつくというか、常に淡《あわ》い光を感じるのだ。

窓からの光だけでなく、ギルハルトからも、銀色のオーラが漂《ただよ》っている気がする。これは、彼が怒りに人狼の血を昂《たかぶ》らせていたときに見えたことがあるが、今は彼が何かに感情を昂らせたりする要素なんてないはずだ。

だとすれば、この銀色のきらきらはいったい……思案するアイリの腕が、急にぐいと引っ張られる。気づけば、アイリの体はギルハルトの腕の中に納まっていた。

「ど、どうなさいました、ギルハルト？」

困惑《こんわく》するアイリにギルハルトは何も答えない。ただ、背に回した腕にぎゅっと力を込めるばかりだ。王の正装に包まれた、鍛《きた》え上げられた彼の体はひどく熱い。密着した格好のまま、耳に吹《ふ》きかかる吐息《といき》までも熱く感じて。

――まさか、風邪《かぜ》でも召《め》したのかしら？

発熱を心配し、彼の顔を振り仰《あお》いだアイリは、目を見開いた。何かに耐《た》えるように目を閉じているギルハルトの頭には、オオカミ耳が生えているではないか。

「え!?　どうして……まだ月は出ていないし、私が傍にいるのに」

彼がオオカミの耳を生やす条件は、月の夜のはずである。

聖地では何が起こるかわからない、とは言われていたが——こういうこと？

そう思って、慌ててなでなでしてみるも。

「う、うそ……引っ込んでくれない！　わ、私の中の、月の聖女の力がなくなってしまったんでしょうか……⁉」

うろたえ青ざめるアイリに、ギルハルトはうめくように答える。

「逆だ、アイリ。俺の中にある人狼の血が、ひどく騒いでいるんだと、思う。賢者の森が——聖地が近くなっているせいだろう。森の賢者は、魔術とやらが使えるらしくて」

「ま、魔術ですか？　おとぎ話ではなくて？」

「ああ、フィクションではない。おそらく、そういう面妖《めんよう》な力が関係しているんだろうな」

アイリはハッとする。

——だったら、このきらきらした光の粒も……？

わからないことは脇《わき》に置いておいて、ともかく、ギルハルトを助けなければとぎゅっと頭を抱えるように抱《だ》きしめる。

「大丈夫ですからね、ギルハルト。私がついていますよ」

安心させるように、努めておだやかに声をかける。すると、腕の中のギルハルトのこわばっていた肩《かた》の力がゆるゆると抜けていくのを感じた。

「……ありがとう、アイリ。だいぶ落ち着いてきた。アイリが王宮に来るまでにも、人狼の血が昂って自分を抑えられなくなってはいたが……今は、臓腑《ぞうふ》がかき回されてるみたいに、ぐるぐるする。こんなのは初めてだ……」

息を整えるように、彼は深い呼吸を繰《く》り返している。そして、自嘲《じちょう》じみて苦笑《くしょう》交じりにこぼした。

「賢者の森に着く頃には、全身が狼になっちまわないだろうな。俺が耳だけではない、全身、本物の狼になったらアイリはどうする？　もう俺の妻にはなってくれないか？」

オオカミ耳だけでも、これだけもふもふ気持ちがいいのに、ギルハルトの全身が狼の姿になったらどれだけもふもふに……？　触《さわ》り心地《ごこち》はともかくとして、見目麗《みめうるわ》しい美しい狼になるのは間違いなさそうだ。

「なんの心配もいりませんよ。私、領地を持っていますし、叔父《おじ》様から結婚《けっこん》の持参金を返してもらっている最中なので、きっとギルハルトを養えます」

幸い、実家に飼い犬がいたので、犬のお世話には慣れている。

「大切にお世話しますので、いざとなったらお任せください！」

大真面目に答えると、くっくっく、とギルハルトはこらえきれない、というような笑い声を上げた。

「そうか。おまえに大切にしてもらえるならば、やはり狼になってみるのもいいかもしれんな」

「狼じゃなくても、大切です」

「ああ、よくわかってる。俺もおまえが大切だ。何よりも誰《だれ》よりも――この世で一番」

じっと見上げてくるギルハルトの長いまつ毛の向こう、熱をはらんだ瞳がうるんでいて――その色香にアイリはどきっとする。

覆《おお》いかぶさるように抱きしめたアイリの腕に、漏れる吐息が吹きかかって、なぜだか、あの初日の同衾《どうきん》の夜の記憶が脳裏《のうり》によみがえる。

うしろめたくて目を逸《そ》らそうとすると、腕の中の婚約者がささやいた。

「俺が全身狼にならないためには……どうやら姫君《ひめぎみ》のキスが必要なようだ。許可をもらえるだろうか、俺のお姫《ひめ》様？」

ギルハルトの視線は焦《こ》がれるような色を宿し、声は甘いが、瞳の奥にまたたく銀色の光はどこか鋭く、危《あや》ういものを感じた。

「え？　ええと……それでお耳が引っ込むのなら――、っ」

ぎゅっと抱きしめる腕の中、ギルハルトの熱い唇《くちびる》が、アイリの首筋に触《ふ》れた、と思ったとたんに甘く噛《か》みつかれて、ひゃあっ、と小さく悲鳴を漏らしたアイリの唇が、ほとんど強引《ごういん》に奪われた。

焦がれるような呼び声は切なくかすれ、再び触れてきたそれがアイリの下唇《したくちびる》を甘くはむ。今まで、ギルハルトはアイリに対して触れるだけのキスを何度もしてきたけれど、今回のそれはもっとずっと親密だ。

彼に触れたいと望んでいたくせに、突然《とつぜん》のことに驚いたアイリが反射的に身を引こうとすると、たくましい腕がアイリの薄い背を引き寄せて逃《のが》れることを許さない。

「ギル、ハルト……？」

ようやく離れた男の唇が、余韻《よいん》を惜《お》しむように小さく舌なめずりをして、アイリは心底驚いた。

人狼の血ゆえか、それとも武人でもあるからか、ギルハルトはふいな瞬間《しゅんかん》、野性味のあるしぐさを見せることはあるものの、王宮ではいつでも品よく紳士《しんし》的で落ち着いた所作をとる。

舌なめずりなんて、王陛下がするようなしぐさではない。そのはずなのに、彼の形のよい唇からのぞいた赤い舌のなまめかしさが脳裏に焼き付き、ただでさえキスの余韻に熱ののぼったアイリの全身の血がさらに温度を上げていく。

顔を赤らめるアイリは、やがて自分を静かに見下ろすアイスブルーの瞳に気づく。

アイリを見つめる瞳からあの危険な色は失《う》せていた。

「アイリ……」

先ほどまでの獲物《えもの》を狙うような気配もなく、むしろどこか心配するような面持《おもも》ちのギルハルトの頭からは獣の耳が消えていた。『姫君のキス』は戯《たわむ》れの冗談かと思っていたので、アイリは瞠目《どうもく》する。

「本当にキスでお耳が消えましたね……」

いよいよおとぎ話のようだ。賢者の森とは、そんなにもファンタジックな場所だとでもいうのか。

子どもの頃から実家でこき使われていたアイリの楽しみは、夜な夜な、ひそかに本を読むことで、おとぎ話にも親しんできた。

サイラスには危険な旅になると警告されておきながら、賢者の森という場所の神秘に、図太くも楽しみになってくるアイリとは対照的に、ギルハルトの顔は深刻そうだった。

「道を進むにつれ、血が騒ぐ感覚がある。さっきも少し理性が……いや、戦場《いくさば》に赴くような、高揚《こうよう》というか……」

何か言い訳じみたことを言っていたギルハルトは、やがて、ひとつ深呼吸をして、何か決意を込めたような顔をする。

「アイリ。おまえに頼《たよ》ってばかりで本当にすまないんだが……今から、情けないことを言ってもいいだろうか」

「は、はい。もちろんです。心配事があるなら、なんでもおっしゃってください」

「ここから先、俺を離さないでいてほしいんだ」

俺を置いて、どこにも行かないでくれ、とギルハルトは小さく言った。

こんなことは、初めてだ、と。

「おまえが王宮を訪れる直前の半年間とて、気は立っていたし、眠《ねむ》れなかったし、仕事に集中できなかった。困っていたし、煩《わずら》わしかったし、自分の血を疎《うと》んでいたんだ。だが、おのれを完全に見失うことだけはなかった」

その証左《しょうさ》に、彼は、人狼の血がもっとも騒ぐという月の出る晩とて、独りで乗り越えてきたのだ。

「さっきは、すまなかったな。首を噛んでしまった。まだ目的地までたどり着いていないというのに、この体《てい》たらくだ。俺は……この先、おまえに離さないでくれと頼みながら、大切な妻に何をしてしまうかわからない愚《おろ》か者だ。今すぐ、ここから引き返すべきだとすら思っている」

しかし、それは立場上できない。この馬車から降りたら、ギルハルトは銀狼王として振る舞《ま》わなければならないのだ。

先ほどの奪うような抱擁《ほうよう》ではなく、まるで壊《こわ》れ物にでも触れるようにこわごわと抱きしめてくるギルハルトからは不安が伝わってくる。

何をしてしまうかわからない？　彼の不安の原因は――。

——私に噛みついてしまうこと？

これまで、たったひとりで王宮に上がりおろおろしていたアイリを、いつでも励《はげ》まし、支えてくれた。何があっても必ず守ってくれたのは、ギルハルトなのだ。ならば、とアイリは強気に笑ってみせる。

「安心してください。私、犬に甘噛《あまが》みされるのは、慣れていますから！」

アイリが力強く笑顔を見せると、ギルハルトは脱力《だつりょく》したように苦笑を漏らす。その表情に、ハッとして首を振った。

「違《ちが》います！　ギルハルトが犬だって言ってるわけじゃなくて、ちょっとくらい噛まれても、平気だと言いたかっただけでしてっ」

「気にするな。おまえが慣れるほどおまえに甘噛みした、っていう犬に対して嫉妬《しっと》した自分が情けなく思っていただけだから」

「え？」

「もう知ってると思うが、俺はけっこう嫉妬深いんだよ。覚悟はいいか、我が妃？　この先、甘噛みだけでは済まないぞ」

——歯形が残るくらいに、がぶがぶ噛みつかれるのかしら……？

けれど、ギルハルトになら、されてみたい。

そう思ってしまったのは、唇を舐《な》める煽情《せんじょう》的な舌に、おかしな気持ちになったからか、それとも、先ほどの深いキスにのぼせているからだろうか。

自分の中にたしかにある、彼に対するはしたない欲求を振り払うように、アイリは抱きついてくる愛おしい婚約者の背中を優しく叩いた。

「覚悟のうえです。離したりしませんよ」

「俺の妃は本当に頼もしい」

ふっと笑いを漏らすのとは裏腹に、アイリへの抱擁に力がこもる。まるで、難破船《なんぱせん》から放り出された乗客が、海に浮かぶ流木にでも必死でしがみつくように。

「おまえがいてくれて、よかった」

努めてだろう声は明るく、その手が震《ふる》えることこそないが――アイリは、彼の背を抱きしめ返し、改めて自分に誓《ちか》う。

――必ず、このひとを守ってみせる。

これまで、伯爵《はくしゃく》家の長女として、義務や役割で家を家族、使用人を守らねばと思うことは何度もあったが、アイリがアイリとして、決意をしたのは初めてのことだった。

彼が王であるから妃として支えたい、というのももちろんあるが、未知の力が近づくことに怯えるこのひとを助けたいと思ったのだ。

たとえ彼が本当に狼になったとしても、この手を決して離さない。アイリは強くおのれに誓うのだった。

やがて一行は予定通り、公爵邸《てい》へとたどり着いた。

ギルハルトは馬車を先に降り、次いでタラップを踏むアイリに手を貸す。そのままアイリの手を引き寄せると、自分の腕に触れさせる。エスコートするていで、耳にささやく。

「このままで」

アイリから離れると、オオカミ耳が出かねない。騎士や従者の視線のある中、緊張《きんちょう》を顔に出さずに、アイリは目顔で了解する。

ギルハルトはそれにほほえんでみせると、今度は自分たちに対して視線を向けるアルフリードや騎士たちの視線を受けつつ、おだやかに言った。

「王宮では仕事仕事で、こんなにも婚約者と共に過ごせる機会はなかったからな」

普段の王と、その婚約者のむつまじさを知る銀狼騎士たちはほほえましく了解する。

一方の、アルフリード率いる国境の騎士団員たちはいささか面食らっているようだった。ルプス国では、地位のある男性が人前でパートナーに対して露骨《ろこつ》に愛情を示すことは珍しいからだ。武骨な武人である彼らであればなおさらであろうが、嫌悪を示す者は誰もいない。

「どうした、アイリ」

「い、いえ……国境騎士団のみなさんは、旅が続いていますから、すごくお疲《つか》れなんじゃないかと思って」

「ああ、その通りだな。アルフリード殿。貴殿《きでん》の近侍《きんじ》だけを残して、他の者は王家所有の別荘《べっそう》の方へ、先に彼らと馬を休ませてやってくれ」

国境騎士団の面々に、ギルハルトに対して含みのある態度をとる者はいない。それどころか、ギルハルトの提案に対して、敬意を示して礼をとる。ギルハルトの母と、イェルク家との確執《かくしつ》の件があるので、アイリは、少し身構えていたのだが。

そんなことを考えていると、地味騎士のフリッツが言った。

「妃殿下。国境騎士団のみなさんは、実力主義者っつうか……陛下は、以前、国境騎士団に視察に行ったことがあるんですよ。けっこうな長期間だったんですがね」

「陛下からうかがっています」

「おや、そうでしたか」

フリッツは周囲に聞こえないよう声を落とす。

「まあ、このときに、腕っぷしが自慢《じまん》の国境騎士の連中は、その当時王太子だった陛下をただのボンボン小僧《こぞう》だろうってナメてかかってたわけですよ。ところが、自分ところの冗談みたいに強いご自慢のアルフリード団長と互角《ごかく》――いや、それ以上の激戦を見せたもんだから、連中面食らっちまいまして。いまだに、敬意を持っているってわけです」

王都のお綺麗《きれい》な貴族の子弟《してい》どもだと舐められていた銀狼騎士団さえも、ギルハルトの率いる騎士ということで一目置かれるようになったという。

「アレがなかったら、いまだに、我々とギスギスしてたかもしれませんねぇ」

「そうなんですか……」

殺し合いを演じたというが、そういう理由もあって、ギルハルトは命がけで戦ったのだろうか。おのれの率いる騎士が侮《あなど》られるわけにはいかないと。

フリッツとの会話が、アイリとくっついていたギルハルトに聞こえないはずがないが、彼は素知らぬ顔でいる。

そんなやり取りをしていると、自分の馬を部下に預けたアルフリードがこちらにやって来た。

「旅はいかがでしたか、陛下、妃殿下」

「ああ。そなたらの警護のおかげで快適な旅だった。なあ、アイリ」

「はい。ありがとうございました」

「もったいなきお言葉」

アルフリードが頭を下げた、そのときである。

「これはこれは、ようこそおいでくださいました、陛下！　婚約者殿——いいえ、月の聖女であらせられるか」

現れたのは、アイリが初めてまみえる貴公子、公爵名代、ニコラウス・クヴェレだった。上等な衣装《いしょう》に身を包んだ、線の細い青年は、見事にセットされたホワイトブロンドの前髪《まえがみ》を神経質にかきあげる。そして、ギルハルトとアイリに公爵名代として、うやうやしい挨拶《あいさつ》をした。ふたりがエスコートの格好のまま手に手を重ねているさまに、何かもの言いたげに片方の眉を持ち上げたが、ギルハルトはそれにそしらぬ顔をする。

アイリとギルハルトは、馬車の中で、互《たが》いの体を触れたままにしておこうと話し合っていた。しかし、公衆の面前でずっとそうしているのも不自然なので、アイリは申し出た。

『私の体調が悪いことにしておきましょう』

支えてもらっている、というていであれば、言い訳が立つのではないかと思ったが、ギルハルトはアイリの髪を撫ぜながら言ったのだ。

『ありがとう。だが、俺の弱さのせいで、おまえに嘘《うそ》をつかせたくない』

その言葉を思い出して、アイリはギルハルトの手をきゅっと握《にぎ》る。

こちらを向いた彼の目が笑う。

アイリもまた、ほほえみを返す。

婚約者たちの視線だけで交わされる仲睦《むつ》まじい姿に、公爵名代は、げほん、と聞えよがしの咳払《せきばら》いをした。

と、ギルハルトの脇に控《ひか》えるアルフリードの姿に気づくと、ふたたび眉を持ち上げた。

「騎士と見受けるが……銀狼騎士団ではないな。見慣れぬ紋章《もんしょう》だ。陛下の騎士ではなければ、どこの所属か」

「アルフリード・イェルク。国境騎士の団長を務めております」

礼と共にされたアルフリードの挨拶に、名代は大げさに肩をすくませると、ねぎらいひとつ返すことなく、ギルハルトに向けて非難がましい視線を向ける。

「我が陛下は何を考えておいでですか？　イェルク家の者をよこすとは——宮廷は、この私の訴《うった》えを軽《かろ》んじておいでなのでしょうか？　疑わしい者を野放しにするばかりか、犯罪の現場に連れてくるなんて、いったいどういうおつもりです」

あたかも目の前にいるアルフリードを犯人扱いするニコラウスの物言いに、ギルハルトは静かに返した。

「それは逃げも隠れもせず、汚名《おめい》を雪《すす》ぐため遠方はるばる足を運んできた者に対しての言葉ではないだろう」

「遠路はるばる、隠蔽《いんぺい》工作をしに来たと？　そうなれば、連れてきた陛下も同罪ではありませんか。どう責任を取るおつもりです」

非礼ともとれる言葉に、周囲にいる銀狼騎士がぴりつくが、ギルハルトはそれを視線で制した。

「隠蔽などできはしない。余《よ》の騎士がついているのだからな」

「ああ……薄汚《うすぎたな》い赤狼《せきろう》どもを、この聖なる地にひき連れてくるなんて……！　神聖な地を辺境の野蛮人《やばん》にこれ以上荒《あ》らされれば、管理を任されている公爵家の顔が立ちません！」

『赤狼』とは、赤毛のイェルク兄弟への蔑称《べっしょう》であり、一部の貴族の間では、国境騎士団は『赤狼騎士団』と揶揄《やゆ》されている。正統のギルハルトが『銀狼陛下』と呼ばれ、その騎士たちが『銀狼騎士団』であることへの当てこすりだ。

サイラスとの勉強会であらかじめ教えられていたアイリは、顔色を青ざめさせる。そのような呼称《こしょう》を陰《かげ》でするだけでも十二分に恥《は》ずべきことなのに、当人の前で公言するとは！

しかし、侮辱《ぶじょく》された当のアルフリードは、顔色ひとつ変えず控えている。

王のする会話に口を挟《はさ》もうとしない騎士を一瞥《いちべつ》して、ギルハルトは言った。

「仮の話だ。余がこのアルフリードと同じ立場にあったとして、密猟《みつりょう》を犯《おか》す悪党だったとしよう。であれば、現場に来たりしない。そうであろう？　ルプスの要衝《ようしょう》を護るという重要な役割を担《にな》っている身で、どうしてそんなことをする。国境の守護に隣国《りんごく》フェリスと友誼《ゆうぎ》を結び、かつてないほどよい関係を築いているのもアルフリードの功績だ」

おかげで、かつての仇敵《きゅうてき》ラケルタ国から仕掛《しか》けられる小競《こぜ》り合いにも、鉄壁《てっぺき》の防御《ぼうぎょ》で侵入《しんにゅう》を許さずにいる。

「他に代わりのきかない働きをしていると、わかっているはずだ。知らぬ存ぜぬ、国境にいて、しらばっくれてうやむやにする方が得策であろう」

遠回しに国境騎士の働きを称揚《しょうよう》しつつ、アルフリードに向き直る。

「この地に足を運ぶと申し出たのは、アルフリードだ。貴殿、何か公爵名代に物申したいことがあるか？」

発言を許され、初めてアルフリードは意見を述べる。

「我が剣《けん》にかけて、必ずや潔白を証明いたします。我が弟ユリアンも、我らに誠心仕えるマルコも、私は潔白であると信じております」

「身内をかばうのは当然のこと」

苦言を差し挟むニコラウス。アルフリードは静かに言葉を続けた。

「我が弟ユリアン、マルコ、共に賢く先の見える男たちです。そのような目先の利益のために愚かなことは決してしません。……が、もしも、私の主導での隠蔽を疑うのであれば、この地に滞在《たいざい》している間は私を拘束《こうそく》していただいてかまいません」

ただし、とアルフリードは言う。

「身の潔白が証明されたその時は、名代殿、私との決闘《けっとう》を受けていただく」

「は……？　な、何を言っている？」

「狼神の創りたもうたこの国に剣を捧《ささ》げた騎士《わたし》が、家族と、忠義のしもべを侮辱されたまま、黙っていては名折れです。剣にかけて、ルプス国への忠誠と正義を証明せねばなりますまい」

おだやかな緑の瞳の奥が、鈍《にぶ》く輝く。

この場がアルフリードの覇気《はき》に呑まれ、とたん、緊張感に支配される。

アイリの目には、アルフリードの周りにも、ギルハルトに見えていた銀色のきらきらが見えていた。光の中に熾火《おきび》のようなほの赤さがめろりと混じり——理性によって抑えられているのであろう、この人は、ギルハルトと同じ激しさを、まぎれもなくうちに秘めているのだと悟る。

「ふ、ふざけるなっ！　暴力で叩き伏《ふ》せようとは、なんと野蛮な下郎《げろう》め！　恥を知れ！」

気色ばむニコラウスに、ギルハルトが言った。

「我が国に捧げたアルフリードの剣は、我が剣も同然だ。それを野蛮？　下郎とは、どういう了見《りょうけん》か」

「……っ、邪推《じゃすい》というものです。陛下」

ギルハルトが、国の要衝を護りとおす騎士団長と、父公爵の威《い》を借る青年とのどちらの言葉に重きを置くかは明らかだった。

「ニコラウス・クヴェレ。ここは公爵領であり、王領地はクヴェレ公の管理。そして貴殿は名代である。アルフリードのこの地への滞在許可を得られぬと言うのなら、得られるまでじっくり話し合わねばならぬが」

「〜〜っ！　お、お好きにすればいいでしょうっ。勘違《かんちが》いしないでいただきたいのは、疑いある者が、我が領地に踏み入《い》っては困るからだ。なにせ、お父様の——当主の意が測《はか》れないいま、何か不都合があって、私の責任にされてはたまりませんからね！」

名代のおまえこそが、その責任ある身だろうが……。

呆《あき》れた誰もが心の中でそう突っ込んだが、誰も口には出さなかった。


アイリとギルハルトは、クヴェレ公爵が療養《りょうよう》中だという寝室《しんしつ》を訪れていた。

ギルハルトに対し、ニコラウスはしきりに歓迎《かんげい》の宴《うたげ》にと誘《さそ》ったが、ギルハルトはそれを制して「まずは公爵を見舞いたい」と望んだのだ。

『父は病床《びょうしょう》についたまま、眠っているのです。会ったところで無意味だと思いますよ』

勧《すす》められないことだと念を押されたが、ギルハルトはひとめだけでも顔を見たいのだと譲《ゆず》らなかった。

ニコラウスに先導されて入った部屋の奥、ベッドに眠る男性の姿がある。

力なく身を横たえた男の痩《や》せた顔の色は紙のように白かった。壮年《そうねん》の齢《よわい》であると聞いているが、病を得ているせいかそれよりもはるかに老《ふ》けて見える。

調度に華美《かび》なものはひとつもなく公爵の寝室の割には、シンプルだ。質素ではあるが、清潔で心地のいい場所に保たれている、とアイリは感想を抱いた。

病床の脇には、生成《きな》りのローブをまとった娘《むすめ》がひとり控えていた。彼女は突然入ってきたギルハルトたちの姿に、驚いたのだろうか身を震わせる。

「そなたは――」

「これは、父の看病を任せている薬師の村の娘ですよ」

ギルハルトの問いに、答えたのは娘ではなくニコラウスだった。

「賢者の森周辺に住まう薬師の村落の中で、一番大きな村落の長の娘だとか。腕がとにかくいいということで、雇《やと》い入れているのです」

娘はかしこまるのを通り越して、萎縮《いしゅく》している様子だ。

ギルハルトは、目を見張るような美しい王である。

――間近にしちゃったら、こうなるのも無理ないよね……。

と、思いながらアイリが目顔で安心させるような笑みを作って挨拶すると、どういうわけか、薬師の娘はさらに身を硬《かた》くした。まるで、怯えるように。

「………？」

自慢にもならないが、アイリは他者に『令嬢《れいじょう》なのに侍女みたい』などと侮られるくらいに、誰かに対して警戒心を抱かせたことがない。こんなふうに怯えられるのは初めてのことで——その時である。

ガシャン！

大きな音が寝室に響《ひび》き渡る。

薬師の娘が、床《ゆか》に水差しを落としたのだ。真っ青になってうろたえる娘は、慌てて拾い集めようとした水差しの破片《はへん》で手を切った。

「大丈夫ですか？」

アイリが彼女に手を貸そうと脇にしゃがめば、ビクッと娘は身を引いた。それでも、彼女の血の流れる手を強引にとると、ハンカチでその手を覆う。

「い、いけません、お嬢様《じょうさま》、汚《よご》れて、しまいます、から」

泣き出しそうになる薬師の娘の手のひらを、アイリは自分の手でハンカチごと覆い、優しく包み込む。

「このハンカチは差し上げます。たくさんありますから」

首を横に振るばかりの薬師の娘に対し、安心させるようにほほえんでみせれば、彼女は何かを言いたそうに口を一度開いて、閉じた。アイリは再度声をかける。

「どうしました、大丈夫ですか？」

「あ、の、月の、聖女様」

それだけ言って、また下を向いて黙り込む。その顔は苦しそうにゆがんでいて。

「ひどく痛みますか？　すぐに水で洗って治療《ちりょう》しましょう。ニコラウス様、水場を貸してください。さ、行きましょう」

「その必要はありません、レディ！　こら、ロッテ、いつまでぼさっとしているつもりだ。さっさと下がらないか！」

「っ、は、はい……」

——お父様の治療を任せている方に、そんな言い方って……。

怒鳴《どな》られ、震えながら退室する薬師の娘を心配しながら目で追って、ニコラウスの物言いに反感を覚えながらもアイリは、はたと思う。

——え……？　私、『月の聖女』って言ってないのに、なんであのロッテさんって呼ばれていた薬師の方にわかったのかしら？

ギルハルトもまた、怪訝《けげん》そうにアイスブルーの瞳をすがめていたが、すぐに病床の公爵に視線を落とした。

「クヴェレ公、ギルハルトが来たぞ。貴殿には世話になってばかりだというのに……病に臥《ふ》したことさえつい最近知ったばかりだ。不義理者で、すまない」

静かに語りかけるギルハルトに、先ほどの薬師へ向けた冷ややかな声から一転して、痛まし気《げ》にニコラウスは言った。

「……父の病状は日に日に悪くなる一方。ルプス一の薬師が集《つど》う賢者の森の薬師でも、治る見込みはないとのことで……しかし、陛下がお越しくださって、父も喜んでいます」

見舞いを終えたギルハルトとアイリは、公爵邸を出た。王領地へと向かう馬車の中、ギルハルトは言った。

「クヴェレ公は、俺が玉座に就《つ》いたときに、まとまりのない宮廷をまとめるのに貢献《こうけん》してくれた。それが終わると、自分は高位の役職に就くことをせず、宮廷から離れて自分の所領に戻ってしまったんだ。俺は強く引き留めたんだが、公の妻が病に倒《たお》れたとかでな」

「奥様ってことは、名代のニコラウスさんのお母様ということですね」

「ああ。最期《さいご》に一緒にいたい、と言ってな。賢者の森の薬師たちがいなかったら、もっと早く亡《な》くなっていただろうとも言っていた」

今、こうして公爵までもが病に倒れている。

痛まし気なギルハルトの落ちた肩に、アイリはそっと手を触れる。彼はその手に手を重ね、ほほえみを返す。

馬車の外は、もう夕刻が迫《せま》っていた。遠く、狼の遠吠《とおぼ》えがこだまする。

「賢者の森の薬師には、病を得た者が巡礼という形で助けを求め数多く訪れるそうだ」

森の周辺は、農耕が営めないという理由もあるが、ルプス国の民《たみ》が、狼神が建てた国であることを忘れぬように、王権の誇示《こじ》のためにと国を挙げて守られている。

「だから、王領地の周辺——公爵領にあたるんだが、税金が格安に設定されているんだ」

ありていに言えば、代々、損をさせているクヴェレ公に対して、ギルハルトは二重の意味で頭が上がらない。

やがて、王の巡礼一行は、王家所有の別荘に到着《とうちゃく》する。

公爵領に隣接《りんせつ》する王領地に建つ、公爵家に管理を任せているという壮麗《そうれい》な屋敷《やしき》は、室内もまた美しく保たれている。案内のためにと、馬に乗り同行してきたニコラウスが誇《ほこ》らしげに言った。

「病に臥《ふ》せっていた父に代わり、私がこの屋敷を管理していたのです。お気に召していただければいいのですが」

ピカピカに磨《みが》かれた大理石の床、壁《かべ》には染《し》みひとつなく、階段には塵《ちり》ひとつ落ちていない。

「さあ、せっかくおいでになったんです、今晩は歓迎の宴を準備していますのでぞんぶんに楽しんでいってください」

用意されていた盛装《せいそう》をほとんど強引に着せられたギルハルトとアイリが大広間に向かうと、そこは宴の会場だった。

ブンチャッチャと楽団が音楽を奏《かな》で、豪勢《ごうせい》な食事が所狭《せま》しと並べられている。

ぽかんとするアイリに静かに付き従っていたエーファが、うさんくさげにつぶやいた。

「……王家所有の屋敷を、主人気取りですわね」

ギルハルトの方に音もなく付き従っていたフリッツが、こそこそと同意する。

「だな。陛下、見たところ、このお屋敷、働いている人数がすごいですよ。今しがた、ちょっと聞き込んでいたんすけど、ここで働いてる使用人、ほとんどがニコラウスに王都から引き抜かれてきたんですって」

どうりで躾《しつけ》が行き届いているわけだ。王の別荘であるとはいえ、田舎《いなか》である。それにしては使用人たちの、仕事ぶりが洗練されている。

「どうした？　アイリ」

先ほどから居心地《いごこち》の悪い思いをしていたアイリは、ギルハルトの問いに、照れながら答えた。

「ちょっと、このドレス……恥ずかしいかな、なんて」

アイリに着せられたドレスのデザインは、襟《えり》ぐりが大胆《だいたん》に開いたいかにも夜会用のものだった。なぜかサイズがぴったりである。不思議に思い、着付けを手伝ってくれた使用人に聞いてみれば、ニコラウスが王都のデザイナーに発注したものだという。

アイリのドレスのサイズを知っていたということは、そのデザイナーというのは、以前、王宮でアイリを取り巻いたファッションモンスターのひとりなのだろうか。

「……個人情報もへったくれもありませんわね」

「普通、宮廷での仕事を外部に漏らしたりしないいんですがねぇ」

《猟犬》たちの会話を聞いていたギルハルトがため息をついた。

「賄賂《わいろ》か」

クヴェレ公爵領は、広大なだけあり決して貧しくはないけれど、無尽蔵《むじんぞう》なわけでもない。公爵は病床であり――。

「使用人への給金の出どころも気になるところだ。どこから調達しているのか……」

「密猟の犯人って、実はニコラウス・クヴェレなんすかね」

フリッツの直截《ちょくせつ》な疑いに、ギルハルトが苦く笑う。

「そんなことしてる奴が、自分で被害《ひがい》を訴え出てくると思うか？」

「そりゃそうっすね……調査されて不味《まず》いのは訴え出た本人なんて」

楽隊の優雅《ゆうが》な演奏に包まれる夜会の会場、ニコラウスは洗練された王都の騎士に対してはしゃいだ様子で声をかけてまわっている。アルフリード率いる国境騎士たちには見向きもしていない。

アルフリードの姿をみつけたギルハルトがアイリを伴《ともな》い話しかけようとすると、ニコラウスが割って入った。

「これはこれは、陛下。婚約者殿も、よくお似合いで。お贈《おく》りしたその夜会服、気に入っていただけましたか？」

無遠慮《ぶえんりょ》な公爵名代の行いに、アルフリードは腹も立てずに苦笑している。

それを横目で見たギルハルトは、ため息をついて言った。

「……父親が臥せっているときによくこんな宴を開けるものだな」

公爵に大きな恩のある王の言葉に、ニコラウスはしかし、きょとんとまばたくばかりだ。

「陛下をお招きするのですよ？　当然のおもてなしでしょう。準備も、かなり前からしていたのです」

「ほう。まるで余が来ることがわかっていたようだな」

「それはそうでしょう。あなた様だけでございますよ、歴代の王で、ここに巡礼に訪れていなかったのは」

「何が言いたい」

「あなた様が暴君になり果てた、という話はうちの父にも届いていましてね。口には出さずとも、嘆《なげ》いていたんじゃないですかね。権威を守るために、懸命《けんめい》に働く私どもを放っておいて、この神聖な地に巡礼に訪れもしないなんて……神罰《しんばつ》がたまわれても、仕方のないことだとね」

まるで、わざと怒《おこ》らせようとしているようなニコラウスの振る舞い。王領地に近づいてからのギルハルトは人狼の血が安定していないのだ。はらはらするアイリの彼の腕に触れる手に力がこもるが、当のギルハルトは平然として言った。

「当然のもてなしというならば、国境騎士団長をもてなしてくれないか。国境から、ほとんど休みなく馬を走らせているんだ。ねぎらうのは、それこそ当然だろう」

すると酒精《しゅせい》に頰《ほお》をあからめたニコラウスはぷっ、と思わずと言ったように笑いを漏らす。

「なぜです？　なぜ、この私が、庶民《しょみん》ごときを相手にしてやらないといけないのでしょうか。本来であれば、この屋敷に入れるのもはばかられるところです」

あからさまな物言いに、ギルハルトが初めて眉をひそめた。

「この屋敷は王家のものだ。貴殿の所有ではない」

「ああ、失礼。そういえば、そうでしたね」

わざとらしく肩をすくめて、ニコラウスは言う。

「我が陛下。おそれながら、危機感が足りないのではないですか？　あれは、あなたから玉座を奪おうとした男ですよ？」

「………」

「どうか、この旅ではご注意ください。寝首《ねくび》をかかれないようにね！」

もはや声も落とそうとしないニコラウス。数歩先の距離《きょり》に、当のアルフリードの姿があるというのに。

「失礼、野蛮で狡猾《こうかつ》な赤い狼と一緒にいると品性が落ちてしまいそうなので、私は向こうで楽しむとしますよ」

悪びれもせずに、公爵の息子《むすこ》は楽隊のいる方へ去っていった。

深く息を吐《は》いたギルハルトは、改めて異母兄へ向き直る。

「アルフリード、長旅で疲れているだろう。俺もアイリも、そろそろ退散する。貴殿も貴殿の騎士たちも、もう休んだ方がいい」

「ええ。そうさせていただきます」

アイリが心配そうなまなざしを向けていると、それに気づいたアルフリードが眉を持ち上げる。

「気にしていませんよ。慣れていますから」

本当に気にしていないというような、なんでもない顔をしている。堂々とした彼は、おのれの技量に自信があるのだ。引け目もなければ、卑屈《ひくつ》さがまるでない。

自分が養女であるからと、かつてのアイリは負い目を感じたり卑屈な気持ちを持つことが何度もあった。彼から学ぶことは多そうだ。

ユリアンが慕《した》っているようだったが、なるほどと思っていると、アルフリードが言った。

「妃殿下、昨日の昼間は失礼しました」

「え？」

「せっかく部下にと頂戴《ちょうだい》した菓子《かし》を、その、私がすべて……」

「あのお包みしたお菓子、全部を？　アルフリード様が、召し上がったんですか？　本当にお菓子がお好きなんですね……！」

　ニコラウスにどれだけ嫌味《いやみ》を言われても平然としていたのに、アイリから含みのない笑顔を向けられて、アルフリードは顔を赤らめうろたえる。

「……恥ずかしながら、一度食べ始めると止まらなくなってしまうのです……」

「あの商人の言っていた通りというわけか。つまり、同盟国ではけっこう有名な話だと」

　ギルハルトの苦笑に対して、アルフリードは大きな体軀《たいく》を小さくした。

「恥ずかしながら、あちらで開かれた宴で、やってしまいまして」

　やってしまったとは、クッキーモンスター状態になってしまったということか……。

　同盟国たるフェリス国では、酒杯《しゅはい》を交わし合うのが友好の証《あかし》であり、酒豪《しゅごう》こそが男らしさである。彼らの認識《にんしき》では、菓子は女子どものものなのだ。

「ですから、ずいぶん笑われてしまいました……私は自業自得《じごうじとく》ですが、部下たちに恥をかかせたのは悪いことをしてしまったと。そこで、公の場で菓子を口にしないようにと気を付けていまして……せっかくお出しくださったのに、申し訳なかったです」

本当に恥じ入っているのだろう。あんなにも堂々と口を利《き》いていたアルフリードの声がどんどん小さくなっていく。

「もしかして、ですが……初めてお会いしたとき、険しいお顔をしていたのって……」

「恥ずかしながら、うまそうな菓子の数々に、理性を保つのに精《し》いっぱいでありました」

もはや、顔から湯気が出そうなほどに赤面した彼は、握り締めたこぶしを震わせていた。よほどの恥辱《ちじょく》なのだろう。

「わ、私は気にしていませんからっ！　また次の機会には、遠慮《えんりょ》なくたくさん召し上がってくださいね⁉」

「ご恩情に感謝します……」

アイリとギルハルトに頭を下げると、アルフリードは部下に呼ばれて去っていった。

――心根のいい方なんだろうな……。

弟のユリアンがあの騎士団長を慕うのも、わかるような気がした。ほのぼのしながら見送っていると、じっとその横顔を見つめていたギルハルトが。

「アイリ」

婚約者の耳元に囁《ささや》いた。つないでいた指が、ゆるりと指に絡んで――。

「少し疲れた。もう部屋に戻ろう」

3. 怖くはないけど慣れません！

ギルハルトの訴《うった》えに、早々に客室に下がったアイリであるが、『疲《つか》れた』だなんて、王宮では聞いたことのないような弱音を漏《も》らされて何事かと驚《おどろ》いていた。

「どこか、お加減が悪いですか？」

「……いや、心配かけてすまんな。オオカミ耳が出そうになって、少し焦《あせ》っていたんだ。他の男が用意したドレスで歩き回られるのはおもしろくないし……おまえが、アルフリードを笑顔《えがお》で見つめていたから……」

ギルハルトの声が、後半になるにつれぼそぼそと聞き取りづらくて。

「……？　なんとおっしゃいました？」

「三度くらいニコラウスを殴《なぐ》りそうになって、それに焦っていた、と言ったんだ」

「そ、そうだったんですか……」

「アイリ、そこに座ってくれないか」

ギルハルトが指さす先のベッドの上に素直《すなお》に座れば、彼はアイリの膝《ひざ》に頭を乗せた。その頭には本当にオオカミ耳が生えていて。

「撫《な》でてくれるか？」

「は、はい」

　頭を撫でられて、気持ちよさそうに目を閉じるギルハルトである。

「このオオカミ耳が出るのにメリットがひとつだけあるとすれば、おまえに撫でてもらえるってだけだな……」

「出ていなくても、撫でますよ？」

「儀式《ぎしき》でもないのに？　なんでだ」

「な、なんでって」

　そういえば、世の恋人《こいびと》や夫婦《ふうふ》はこんなことをするのだろうか？　かつてアイリが読んできた恋愛《れんあい》小説のヒロインは、こんな子どもにするようなことを男性にしていただろうか？

　アイリは、ギルハルトのオオカミ耳を見ると、つい実家の犬を撫でてあげたのを思い出してしまうし、小さい頃《ころ》の弟妹《ていまい》も撫でてあげていた。

　妹や弟、そして飼い犬を撫でるのに、理由や理屈《りくつ》を考えたことなどない。

「ニコラウスさんを殴らなくて、偉《えら》かったですね、……というなでなで？」

「がんばった褒美《ほうび》、か」

　おもしろそうに眉《まゆ》を持ち上げるギルハルトに、アイリの胸がきゅんとする。子どものように扱《あつか》っても、怒《おこ》らないどころか甘くほほえむ彼はかわいらしい。

王として毅然《きぜん》と振《ふ》る舞《ま》うギルハルトも好きだけど、それを脱《ぬ》ぎ捨て心底リラックスしている様子のギルハルトもアイリは好きなのだ。自分に対して心を開いてくれているようで嬉《うれ》しくなる。

「ちょっとこじつけました。ギルハルトを撫でたいのは、私がギルハルトに触《さわ》りたいって思っているからなんです。馬車の中で、ギルハルトが触《ふ》れてきて……頼《たよ》ってもらえるのも嬉しかったですし……触れられるの自体、ほんとは嬉しかったんです」

「……………」

「ギルハルト？」

「そんなことを言ってくれるな」

「え……ご、ごめんなさい。人狼《じんろう》の力が制御《せいぎょ》できなくて大変なときに、無神経でしたね」

「いや、そっちじゃない。力が制御できないのは、俺の力不足で俺の問題なのだから。ただ……そんなことを言ってくれるなと言ったのは、勘違《かんちが》いしそうになる、からだ」

「勘違い、ですか？」

と、ギルハルトの手がアイリの後頭部にそっと置かれて、そのまま自分の方へと引き寄せる。驚く暇《ひま》も与《あた》えずに強引《ごういん》に唇《くちびる》を重ね合わせると、不埒《ふらち》な舌がぺろりとアイリの唇のあわいをなぞった。

ぬめる舌の熱に驚いて身をのけぞると、ギルハルトの手のひらはあっさりアイリを逃《のが》して離《はな》れる。

「誘《さそ》われているのかと、勘違いをする」

アイリの膝の上から見上げる瞳《ひとみ》に熱は灯《とも》っているが、馬車の中で見たような焦《こ》がれるような、欲しがるような色はなくて——こともあろうに、アイリは、あの色をもう一度見てみたいと思ってしまった。

「あ、あの」

「ん？」

「お誘いを、したら……もっと、ギルハルトに……触れてもいい、ってことですか？」

高鳴る胸を抑《おさ》えながらそう問えば、一瞬《いっしゅん》、驚いたような間を開けたのち、ギルハルトがほほえんだ。

「ああ、もちろんだ。おまえの望むだけ、ぞんぶんに」

見上げてくる瞳だけが、笑っていない。鈍《にぶ》く輝《かがや》くそれに射抜《いぬ》かれながら、アイリは膝の上にいる彼の頬《ほお》にそろりと触れた。その手に、ギルハルトの手が添《そ》えられて——気づけば、ぐるりと視界が反転していた。

「わ、きゃああっ⁉」

小さく悲鳴を上げたアイリは、ベッドを背にして押し倒された格好だ。

見下ろすギルハルトの瞳が、先ほどよりも熱を宿し、あたかもどろりと溶《と》かした銀のように鈍い輝きを増している。

「俺はな、王だから我慢《がまん》していたのだ。だから褒《ほ》められてもいいと、思うんだが……おまえは、どう思う？」

優《やさ》しい口調。声にはどこか危《あや》うい響《ひび》きが含《ふく》まれているのは気のせいではない。

褒美を望まれるまま、摑《つか》まれた腕《うで》とは反対の腕を伸《の》ばし、アイリはギルハルトの髪《かみ》を撫ぜた。

すると、笑《え》みを深めた彼が言う。

「なあ、アイリ。もっと褒美が欲《ほ》しい」

「もっと、ですか？」

「俺は……おまえが欲しいんだ」

アイリの片方の腕を摑んだままの、ギルハルトの手のひらがやけどしそうなくらい熱い。

かすれた声と獰猛《どうもう》な笑みに、欲望が秘められているのをアイリはすでに理解していた。

緊張《きんちょう》が高まりすぎて、うまく息が吸えない。ドキドキとうるさい心臓が爆発《ばくはつ》しそうだった。アイリだって、ギルハルトが欲しいと望んでいる。もっと彼に近づきたい。彼のことが知りたい。それでも、今、彼の求めに応じたら？　自分はどうなってしまうのか。

「ギル、ハルト……わた、し――」

未知への恐怖《きょうふ》。期待。好奇心《こうきしん》。心の中でそれらがないまぜになって、胸をぎゅうと圧迫《あっぱく》する。

はくはくと、息も絶え絶えにアイリが答えようとした、その時である。

アイリに覆《おお》いかぶさった格好のギルハルトが、ぴくりと何かに反応して顔を上げた。うんざりというようなため息をついて、ひとこと。

「いいぞ、入れ」

部屋の中に現れたのは、エーファとフリッツ両名だった。

「お邪魔《じゃま》でした……よねぇ」

地味騎士《きし》フリッツが、びくびくと怯《おび》えたように目を逸《そ》らしながら言う。顔色が気の毒なくらいに真っ青だ。

「無礼を承知で失礼しますぅ……賢者《けんじゃ》の森出立《しゅったつ》前の今晩中に、ご報告しなければ、と……」

「気にするな。おまえたちに諜報《ちょうほう》を命じていたのは俺だからな」

ギルハルトの声からは、先ほどまでの色めいたものは拭《ぬぐ》い去られていた。

しかし、ベッドの上、アイリが恥《は》じらっていずまいを正そうとすると、ギルハルトによって阻《はば》まれ、横抱《だ》きに抱き込まれる。

——ひっついてるのは、エーファさんたちの前でオオカミ耳を出さないためだからっ。

自分に言い聞かせるが、先ほどまでの痛いくらいの胸の高鳴りが収まってくれず、なかなか意識を切り替《か》えられないアイリの顔は燃えるように熱い。

一方、エーファとフリッツは報告する。彼らはギルハルトの命《めい》により、ギルハルトが公《こう》爵邸《しゃくてい》で公爵を見舞《みま》っている間に、この王家の別荘《べっそう》を下見していたという。

「おそれながら申し上げます、どうも、このお屋敷《やしき》、清掃《せいそう》・管理されているだけではなくて、普段《ふだん》からニコラウスに使用されているらしいっす」

今晩の歓迎《かんげい》の宴《うたげ》とて、公爵家で行えばいいのに、ニコラウスはあえて王の別荘を我が物顔で使ってみせたのだ。

「暖炉《だんろ》や水回りを見ればわかるんですけどねぇ。使用人の話によれば、クヴェレ公が病に臥《ふ》してから、この王家の別荘たる屋敷は、管理と称《しょう》してニコラウスが自分の屋敷のように使うようになった、とのことです」

調べた結果を報告するフリッツの声に、呆《あき》れと侮蔑《ぶべつ》が漏れ出ている。

「ニコラウスのお父上の公爵様に仕《つか》える使用人たちが、口うるさいようでして。好きに遊ぶには、この別荘が都合いいみたいですねぇ」

自費で雇《やと》った者たちを従え、公爵領内の娘《むすめ》を攫《さら》って連れて来たり、商売女を連れ込んだり、バカ騒《さわ》ぎをしていたとのことだ。

『こんなクソ田舎《いなか》つまらん』、とニコラウスはしょっちゅうぼやいているという。都の社交場に赴《おもむ》くだけでは飽《あ》き足りず――。

「でですね、クヴェレ公が病に倒《たお》れてから、公には新たな傍《そば》仕えの男が現れたという話です」

「おかしな話だな。病に倒れた公が、どうして新たに雇い入れられる」

「はい。その男、この土地の者ではないらしいんですがね。その男が現れてから、ニコラウスの金遣《かねづか》いが荒《あら》くなったという話で。男の身元を調べているのですが、これがわからないんです。鳩《はと》を飛ばして、サイラスさんに調べてはもらいますが」

調査報告を聞き終えたギルハルトは、感心したように言った。

「《猟犬《りょうけん》》というのは、本当に諜報もするんだな」

「そもそも、初代の月の聖女様が《猟犬》を正規の目的で使ったことは、一度もなかったという話ですわ。なにせ、人狼の血を引く王族とのトラブルは、月の聖女様自ら解決なされた、ということですから」

以来、《猟犬》は、ほとんどが護衛と諜報に使われたのだと、エーファが答える。

「この程度、調べるのはワケないんすけどねぇ」

フリッツは、やがて青ざめてぷるぷる震《ふる》え出した。

「どうなさいましたか、フリッツさん？」

「いや……これまでは俺らが反逆者を殺すことはなかったって話ですが、ユリアン・イェルクの件がありますでしょ？　俺、いざとなったら、あのゴーレムみたいな国境騎士団長とやりあわなきゃならんと思うと……めちゃコワイすね……あ、駄目《だめ》だ、超怖《ちょうこわ》いっす」

王の御前《おんまえ》だというのに怯えを隠《かく》しもしないフリッツに対して、エーファはまなじりを吊《つ》り上げた。

「何が怖いものですか！　アイリ様を害する人間はみんな殺《や》るのよっ！」

アイリにとって、他人事《ひとごと》ではない。もしも本当にアルフリードがギルハルトにあだなす存在になれば、アイリが誅殺《ちゅうさつ》を命じなければならないのだから。

「そ、そうならないように、できることは全部します。だから、フリッツさん、泣かないでください！　エーファさんも、大丈夫《だいじょうぶ》ですからね！」

「アイリ様ぁ！　お願いしますううう！」

「アイリ様……！　エーファはアイリ様のためなら、クマだろうがゾンビだろうが、殺ってみせますわよー!?」

わんわんきゃんきゃんと《猟犬》の二名はやかましく、アイリを抱きしめた格好のギルハルトが、うんざりと言った。

「おまえたち、もうわかった。十分だ」

「失礼しましたわ。それでは、わたくしはおふたりの湯あみの準備を」

「俺は引き続き、諜報を続けます」

ギルハルトがフリッツを手招き、耳打ちする。その内容に、先ほどまでの涙《なみだ》をとうにひっこめ切り替えの済んでいるフリッツは短く了解《りょうかい》する。

「御意《ぎょい》」

ひとこと残して、《猟犬》たちが去っていくと、部屋はふたたびふたりきりになる。

ギルハルトが立ち上がった。

「寝支度《ねじたく》をしてくる」

「は、はい、おやすみなさいませ。では、また明朝――」

「何言ってるんだ？　俺たちは今日、この部屋で共寝《ともね》するんだぞ」

「…………へ？」

アイリの返事を待たずに、ギルハルトが行ってしまう。

つい先ほどまでの甘い時間――ギルハルトが覆いかぶさってきたのを思い出して、ボッと顔が炎《ほのお》を噴くように熱さがぶり返してきて。

――えええええ⁉

豪華《ごうか》な客室、大きなベッドを前にして、アイリは隣《となり》の婚約《こんやく》者を横目で見た。

「あ、あの、ギルハルト？　本当に……一緒《いっしょ》に寝るんです、か？」

問われて、アイリは黙《だま》って首を横に振る。

嫌ではない、けれど、さっきの続きをするとなると——。

極度の緊張に、肌触《はだざわ》りのいいガウンの裾《すそ》をぎゅっと握《にぎ》り締《し》めていたアイリの腰《こし》が、さっとギルハルトに攫われて、ボスッ、とふたりしてベッドの上に転がる。そのまま背を抱き寄せられた。

ひゃあっ、と身を固くするアイリに、ギルハルトが静かに苦笑《くしょう》する。

「出会った日を思い出さないか？」

「は、はい……」

「あの日も、おまえはずいぶん緊張していた」

アイリは初めてギルハルトに出会い、同衾《どうきん》したあの日、一睡《いっすい》もできなかったのだ。

「俺はぐっすり眠《ねむ》ってしまった。我ながらとんでもなくマヌケな男だな。こんなにもかわいい婚約者と同じベッドで、のんきに寝ていられるとは」

アイリの髪をギルハルトの指が優しく梳《す》いた。まるで彼女の緊張をほぐすように。

「なあ、アイリ。俺のかわいい姫君《ひめぎみ》。オオカミ耳が出ていない俺でも、キスを許してもらえるだろうか？」

「え、あの、それは……」

「嫌《いや》か？」

アイリは恥じらいに視線を逸らす。いよいよ、逃《に》げ場がなくなりそうでためらっているとギルハルトが言った。

「ここは王宮じゃない。俺は王を少し休む。いいだろう？　真面目に王を務めていたんだ。王宮を離れた、今くらいサボっても」

「え、ええ……でも、それって」

王だから、みなの手本になるからと、ギルハルトはアイリと正式に婚姻《こんいん》するまで手を出さないと約束した。それが、王ではなくなったら？

「もしも、の話だ。俺が、ろくでもない王であったなら、ユリアンを密猟《みつりょう》犯だと決めつけて、そのまま縛《しば》り首にしていただろう」

「は……ええっ⁉　そんなこと、ギルハルトは」

「ああ。そんなことはしない。おまえのおかげで、俺はろくでもない王でいなくて済むからな。だが、あの野郎《やろう》がアイリに対してしたことを俺はいまだに許していない。どうあっても、許せない。なあ、アイリ……俺が、あの件で嫉妬《しっと》していないとでも思ったか？」

物騒《ぶっそう》なことを紡《つむ》ぐ唇は、おだやかにほほえんでいる。

しかし、人狼の血を引く男の瞳は雄弁《ゆうべん》だ。捕食《ほしょく》者のそれは、ギラギラと銀色に輝いてアイリに据《す》えられていた。

「他の誰《だれ》かに奪《うば》われるくらいならば……いっそここでおまえに俺を刻みたい。俺を臆病《おくびょう》者《もの》だと笑うか？」

アイリは黙って首を横に振った。

アイリとて、この男を別の誰かに奪われるかと思うと、自分がどうなってしまうかわからないからだ。同じ苛烈《かれつ》なものを持っていると思えば、彼の熱い光をたたえる視線が恐ろしいとは少しも感じない。

懇願《こんがん》するようにささやいたギルハルトの唇がアイリに触れたかと思うと、彼女の首が甘く噛《か》まれた。仔犬《こいぬ》の戯《たわむ》れよりも優しいそれに、しかし、おのれの魂《たましい》にまで牙《きば》を突《つ》き立てられたような気持ちになって、心が震える。

「かまいません」

瞳を閉じて、アイリは言う。

「ギルハルトに欲しがられていることが、嬉しい、ので、あげられるものがあるのなら、私――」

同じ気持ちを彼が抱いている。そのことが嬉しい。彼の心に応えたい。

「俺もだ。俺も、おまえに欲しがられているというのなら、俺の持っている何を捧《ささ》げてもかまわない。この目でも、耳でも、心臓でも――心でも。いや……心は、もうとっくにおまえのものだよ」

「ギルハルト……」

「アイリ……」

内からあふれ出る想《おも》いのままに、ふたりは唇を重ね合おうとして――。

のしぃっ、と何かがギルハルトの上に、のしかかった。

「……っ⁉」

「えっ⁉　シロ⁉　あ、あなた、どこから入ってきたの？」

ギルハルトの背に乗っていたのは、ふっくりと丸いフクロウだった。

間違いなく人払《ばら》いした部屋にはアイリとギルハルトのふたりきりだったし、窓は閉まり、扉《とびら》など施錠《せじょう》までしていたのだ。

アイリは驚き、ギルハルトは静かにぶちキレ、背に乗る不埒な鳥を捕《つか》まえようとするが、ひらりと逃れ、手のひらは宙を掻《か》く。

「っ、なるほど、なあ！　たしかにこれは、間違いなく絶対に百パーセント森に捨てねばならんな……っ！」

口角を引きつらせながらも、自分を抑えつけるギルハルトは何やらひとりごちている。

当の白いフクロウは素知らぬ顔で優雅《ゆうが》にアイリの肩《かた》に着地すると、つーん、とギルハルトから顔を逸らし、アイリに甘えるようにすり寄った。

苦笑したアイリが撫でてやると、おとなしくヘッドボードへと飛び乗って目を閉じる。

しん、と部屋が静まり返った。

さすがにシロが見ている前で、これ以上のいちゃいちゃは――。

「えっと……ギルハルト？　もう寝ましょうか。明日も早いですし……」

アイリの提案に対し、呪《のろ》い殺しそうな目でフクロウをにらみつけていたギルハルトは絞《しぼ》り出すように答えた。

「ああ……そうだな。このフクロウが邪魔しやがったのは怪我《けが》の功名《こうみょう》とでも思おうか」

ため息をついた彼は、声から怒《いか》りを拭い去って続ける。

「明日赴く森は、月の聖女と狼神《ろうしん》のルーツだという話――何が起こるかわからん場所に、おまえを連れて行かねばならんとなれば、しっかり休むのが正しい選択《せんたく》だ」

「そう、ですね」

「あのままだったら、たぶん、今夜一睡もさせられなかっただろう」

「っ、そ、そうなんですか……っ」

首まで赤面する婚約者に、苦く笑ったギルハルトは、フッとランプの灯《あか》りを消した。

おいで、と腕の中に彼女を招き寄せると、ぽんぽん、と背を叩《たた》く。彼の手つきに、先ほどまでの色めいたものは欠片《かけら》もなく、明日の冒険《ぼうけん》に備えるためにと意識を切り替えたことを知る。

王領地の夜はとうに更《ふ》け、遠く、狼《おおかみ》の遠吠《とおぼ》えが聞こえている。

「おやすみ、アイリ」

「おやすみなさい、ギルハルト……」

彼の腕の中、あれだけ激しく騒いだ胸が、今はそのあたたかさに安心を覚えておだやかに鼓動《こどう》を打つ。

何が起こるかわからない。けれど、この人と一緒ならば恐れるものはないのだとアイリは瞳を閉じるのだった。


ギルハルト率いる銀狼《ぎんろう》騎士団と、アルフリード率いる国境騎士団を引き連れた王の巡《じゅん》礼《れい》隊は、王領地内の賢者の森を訪《おとず》れていた。

今日のアイリの衣装《いしょう》は乗馬服だった。ギルハルトとべったりしていないといけないので不自然じゃないようシラユキに同乗し移動することになったのだ。

森の周囲にはいくつかの村落があり、そのすべてが薬師《くすし》を生業にした職能集団だ。歴史は古く、建国の時代から彼らはここに住まい製薬の技法を守り、新たに生み出しもしている。

賢者の森は、狼神の聖地でもある。巡礼に訪れる民《たみ》のために薬師の彼らは宿を提供し、時に薬目当てにやってくる、巡礼目的ではない旅人に対しても、こころよく薬を分け与えて狼神への信仰《しんこう》を忘れないようにと、貢献《こうけん》しているのだった。

そんな薬師の村落の中でも、一番大きな村をアイリたちは訪れていた。

優《すぐ》れた薬師が幾人《いくにん》も住まうそこには、素朴《そぼく》ながら大きな診療《しんりょう》施設《しせつ》もある。

村の長が、銀狼王の御前、正面から見つめるのは非礼に当たると瞳を伏せて痛ましく言った。

「今、村は不安に騒然《そうぜん》としております。いつもならば、もっと多くの巡礼の民が滞在《たいざい》し、にぎわっているのでありますが……」

痛ましげにうなずくギルハルトは言った。

「さっそくではあるが、まずは周辺住民から話を聞きたい。その間、賢者の森の視察の案内を頼《たの》める者の選定を頼めるだろうか」

「ははっ、かしこまりました」

アイリは、ふと、公爵名代ニコラウスと、公爵の治療《ちりょう》にあたっていた薬師の娘、ロッテの姿があるのに気が付いた。アイリはロッテに声をかける。

「あれから、手の怪我は大丈夫でしたか？」

ロッテはハッと息を飲むと、小さな声で答えた。

「ご、ごめんなさい、聖女様。ハンカチ、血の染《し》みが抜けなくて」

「いいんですよ。そんなことより、お大事にしてくださいね。薬師のお仕事に、手は大事でしょう」

「ありがとう、ございます」

「あの、どうしてロッテさんは、私が『月の聖女』だとご存じだったんですか？」

「陛下《へいか》のお妃様《きさき》は月の聖女であると、聞き及《およ》んでいますし、なんとなく、気配が我らに似ていました、ので」

「気配ですか。それってもしかして――」

アイリが目にするきらきらした光の粒《つぶ》と関わりがあるのだろうか。突っ込んで問おうとするが。

「ご、ご、ごめんなさいっ、わ、私のような者が、申し上げられるようなことは、ございません、ので」

ロッテの瞳が何かに怯えるように揺《ゆ》れ、これ以上の会話を拒《こば》んでいる。

アイリは思い出していた。今朝、『わたくしもアイリ様についていきたいですわぁ』と、泣きながら着替えの手伝いをしたエーファに対し、ひとつの頼みごとをしたことを。

『クヴェレ公の看病をしている薬師の娘さんについて、調べることができますか？』

ロッテは、手を怪我したときに、アイリに対して訴えたいことがあるようだった。そして、あのときも、何かにひどく怯えているようにも見えたのだ。

「ロッテさん、私に、何か力になれることがありますか？」

「力に、とおっしゃいますと？」

瞳が泳ぐ。表情が空虚《くうきょ》になる。何も聞いてくれるな、と訴えている。

アイリは、かつて祖母と叔父《おじ》に抑圧《よくあつ》されていたことを思い出す。彼女はやはり怯えている。背後に立つニコラウスが、じっとこちらを見ていて——。

アイリは笑顔を作って言った。

「クヴェレ公は、陛下の恩師なんですよ。ですから、ロッテさんが手厚く看病してくださっていることに、陛下は大変感謝しておいでなんです」

話題を変える材料にされたギルハルトは、何も言わずに視線でロッテに肯定《こうてい》してみせる。

ハッと我に返るようにロッテの瞳に光が戻《もど》り、彼女もまた、銀狼陛下を正面から見てはならぬと視線を落として言った。

「もったいない、お言葉で、ございます。あ、……森に入る際は、どうか、お気を付けて。私自身は、公爵様の看病があるので、お供できませんが……薬師ではない者が踏《ふ》み入れば、ただでは済みませんから」

賢者の森周辺に住まう薬師らは、ルプス国が建国されたときから、森の管理や手入れをするのを条件に、薬草を採るため森の一定の場所までは入ることが許されている。

「ただでは済まなければ、どうなるのだ？」

ギルハルトの問いに、ロッテはますます頭を深く下げて言った。

「森の衛士である、銀の狼に噛み殺されるのでございます」

ルプス国では、銀の狼神が守護神とされているが……アイリは目を見開いた。

「銀色の狼、が実際にいるんですか」

「もちろん実在いたします。私も、森の中では銀の狼には何回も遭《あ》っています」

「薬師のみなさんは噛まれない？　悪い侵入者《しんにゅう》と、そうでない人とを、どうやって銀の狼は判断しているんですか」

ロッテはローブの裾をまくり、手首にはめられている腕輪《うでわ》を見せた。木の根やツルを編み込んだ素朴なものだ。

「これは、森の賢者様に頂戴《ちょうだい》した腕輪です。これは、よそ者ではないという証《あかし》で、つけていれば銀の狼は襲《おそ》ってきません。古くは月の聖女様がこの腕輪を作ったとされていて、聖女様の作られた腕輪をつけていると森の動物たちと会話ができたと言われています」

「月の聖女って、狼神を人間の姿にしただけではないんですね……」

「この森を護《まも》り、薬聖であるとも言われていたのです」

はるかな昔、月の聖女が聖地たるこの森の番をしていたとされているが、初代国王の王《おう》妃《ひ》となってからは、初代国王の眷属《けんぞく》である銀の狼たちが森を護る任を引き継《つ》いだ、という話だ。

「えっと……この腕輪、すべて賢者の森で採れた薬草が材料なんですが、数か月保《も》てばいい方で……壊《こわ》れて駄目になってしまうんです。森の賢者様からたくさんいただけるわけではありませんし、だから、あまり数がなくて」

腕輪からは、きらきらした光が放たれているのがアイリの目には見えていた。しかしそれは淡《あわ》く、ギルハルトが発しているような鮮烈《せんれつ》な輝きからは程遠《ほどとお》い。

「ならば、この腕輪を悪党に盗《ぬす》まれたら意味がないのでは」

盗んだ腕輪をつけて森に入れば、悪さし放題ではないか？

そう問う王に、薬師の娘は首を横に振る。

「いいえ。この腕輪は単なる通行証のようなもの。証を持っていたとしても、悪事を働く者が許されるわけではありませんし、森を乱す者を銀の狼は決して許しません。みなさまのぶんとはいきませんが……陛下と、妃殿下《ひでんか》の腕輪をご用意しましたので、どうぞお持ちください」

ギルハルトは、おだやかに返す。

「いや、その必要はない。王の狩猟《しゅりょう》隊であれば、襲われることはないとのことだからな」

「しかし、万が一があっては」

「これでも狼神の末裔《まつえい》だ。俺はいいから、アイリには念のために貸してやってくれないか」

「いいえ、私も大丈夫です。私、動物に好かれるんですよ。だから、心配なさらないでください。森に異変があるというなら、薬師のみなさんこそが持っていてください」

月の聖女の慈悲《じひ》に、その場に集っていた薬師たちは平伏《ひれふ》しそうなくらい感動する。

話を聞けば、たしかに密猟者はいると証言がある。

「我らですら、森には許された場所しか入れないのです。許されざる絶対の禁猟区《きんりょう》――聖域に、入り込んでいる者たちが痕跡《こんせき》を残しているのです」

「密猟者たちは、腕輪を持っていないのに、どうして狼たちに襲われないのか？　弓矢や、猟銃《りょうじゅう》を持っているにしても、不思議でなりません」

と、薬師たちは言う。

「たまに巡礼者を装《よそお》った野盗《やとう》が、森の薬草を採っていこうと現れもするのですが、銀の狼が退治してくれます。そのはずなのに……こんなことは、初めてでございます」

すると、後方で見ていた公爵名代ニコラウスが話に割って入った。

「密猟者は、ユリアン・イエルクの右腕《みぎうで》の男マルコが引き込んだに違いない、と、この者たちは言っています」

薬師たちは、え？　という顔をしたが、それを口に出して言う者はいなかった。まるで、薬師の娘のような反応がアイリは気になる。

ギルハルトは話の先を促《うなが》した。

「根拠《こんきょ》は？」

「もちろんあります。森に異変が現れ始めたのは、薬師の村にしつこく商売の話をもちかけていたマルコが姿を見せなくなってからなのですから。断られたことに腹を立てたのでしょう。薬草の密採取はおろか、密猟にまで手を染めるとは——後ろ盾《だて》に、王位継承《けいしょう》の話の上がったアルフリード殿《どの》がいるからといって、神をも畏《おそ》れぬ行いとは、まさにこのこと」

マルコが失踪《しっそう》してからというもの、不審《ふしん》な馬のいななきと、馬蹄《ばてい》の音が聞こえる夜がいく夜も続いたという。

「見回りをした村民が、襲われ、重軽傷を負いました。ご覧ください、あの女たちを。被《ひ》害《がい》に遭ったのは、あの者たちの夫だというではないですか」

彼女たちの証言では、襲ってきたのは、見知らぬ男たちだったという。

「その中に、マルコの姿はなかったのだな」

ギルハルトの問いに、ニコラウスは愚問《ぐもん》とばかりに首を横に振る。

「当然でしょう、陛下。奴《やつ》は面が割れているのです。実行犯には、おそらくユリアン・イエルクがいたのではないかと、私は推理しています。なぜなら、イェルクには人狼の血が流れていますから。この森の狼たちは、狼神の眷属であるという話。腕輪がなくても襲われないのは、お仲間だと思われているからに違いない」

ここまで黙って話を聞いていたアルフリードが、初めて口を挟《はさ》んだ。

「お待ちいただきたい、名代殿。密猟者の形跡《けいせき》が現れ始めたという期間、我が弟ユリアンは、国境と王都の往復に費やし、そこから同盟国フェリスに使いに出ているのです。この森に入れるはずがない」

「ほう、フェリス国に？　なぜ」

「国境警備の同盟会議へ向けた調整のためです」

「証明するものは？」

「今、こちらに向かっているはずの弟が、署名と日付が記されている同盟会議の開催事項《かいさいじこう》を所持しているはず」

「フェリスと、どのような会議を？　この森で狩《か》った獲物《えもの》を密輸する算段を立てるためではないと、どう証明する？」

聞いていられないと、ギルハルトが口を挟んだ。

「いい加減にしろ、ニコラウス・クヴェレ。フェリスとの同盟は、宮廷《きゅうてい》での決定だ。それを、証左《しょうさ》もなく……犯人と決めつけているのは貴殿《きでん》ではないか」

「お仲間をかばいますか、銀狼陛下」

銀狼騎士団、国境騎士団の面々は、おのれの主《あるじ》への不敬にぴりつき、当のギルハルトとアルフリードは部下たちがいきりたつのを視線と手ぶりだけで抑える。

アイリは不思議に思っていた。

ニコラウスは、狼神の血を濃《こ》く残すふたりに対しての態度が露骨《ろこつ》にとげとげしい。

クヴェレ公の父は、先王のいとこに当たるという。王位に血縁《けつえん》が近いからと、親しみゆえの遠慮《えんりょ》のなさ、という雰囲気《ふんいき》ではない。

ともあれ、である。王領地での密猟の罪は重いものだ。異国の商人も言っていたが――。

「銀の狼は、ルプス国の象徴《しょうちょう》。それが国外に売られてしまえば……」

「ああ。国辱《こくじょく》に等しい。決して許されざる罪だ。必ず、犯人を捕《と》らえるぞ」

アイリはギルハルトの手を握り、ギルハルトは、その手を安心させるように叩き返す。

そして、周囲にいる薬師たちに、若き王は宣言する。

「みなのもの、不安にさせてすまなかった！　我が領地での悪逆をのさばらせたこと、どうか許してほしい。これから、王たる余《よ》が聖域まで入り、銀の狼に会ってくる。なぜに密猟者が捕らえられぬのか、その謎《なぞ》を解き明かすと約束しよう！」

希望に沸《わ》く薬師たちに見送られ、銀狼陛下の狩猟団という名目を掲《かか》げた一行は、賢者の森へ踏み入るのだった。


賢者の森は、狼に守られたオークの樹林である。

オークはルプスでは神秘的な力を持つ木だと言われている。

森に入ってからというもの、馬上のアイリの目には、すぐ後ろに同乗しているギルハルトに銀色のきらきらがよりまばゆく見えるようになっていた。

そして、後ろを馬に乗りついてくるアルフリードにも。ギルハルトと少し色が違うけれど、光の粒が見える。さらに森全体からも、光の粒が放たれているようで——。

——昨日よりも、ずっとまぶしい……。

目頭《めがしら》を押さえ、体をぐらつかせたアイリを、ギルハルトの胸がぽすりと受け止めた。

「アイリ、どうした？」

「すみません。少し、……まぶしくて」

「？　木々が覆っていて、それほど朝日はきついようには思えんが……」

「いえ……朝日がまぶしいわけでは、なくて——」

これまでアイリは自分の変調があったら、あまり他人に話したことがない。

心配をかけたくないし、奇異《きい》なものを見る目をされることもあったからだ。しかし、以前、『動物が言うことを聞いてくれる』、とギルハルトに話をしたとき、彼は真剣《しんけん》に聞いてくれた。思い切って告白する。

「実は、賢者の森に近づいてからというもの、視界がまぶしいというか……こうしている今も、木や、生えている草花から、光の粒が見えるんです」

「光の粒……どんなものだ？」

「日光のまぶしさとは、違うもので……いま、ギルハルトからも銀色の光が放たれているように見えています」

「俺からも、か。人狼の血に関係があるのだろうか……きっと、おまえがそういうものが見えるのは、月の聖女の力なのだろう。何にしても無理するな。俺にもたれていればいい」

「ありがとうございます。ですが、慣れたら大丈夫だと、思いますから」

ギルハルトは心配してくれるが、彼とて、この王領地に近づくにつれ、体に変調があると言っていた。余計に変調が出てもおかしくないのに、アルフリードや自分の騎士たちの手前、努めてなんでもない顔を保っているのだろう。

「つらくなったらいつでも言ってくれ」

「はい」

額にキスを落とされて、ほほえみを返すアイリであるが、周りの視線に気づき、ハッとする。ギルハルトはけろりとして、彼女の背を引き寄せる。

細いながらも、草木が踏み固《かた》められた道があり、これをたどっていけば、聖域の入り口までたどり着けるという話だ。

「道があるのは意外ですね」

馬上のアイリは、照れに頬を染めながらギルハルトを振り仰《あお》ぐ。

木々の葉が生い茂《お しげ》る森は、きちんと光が入るようにと手入れがされているらしく、ギルハルトの前髪《まえがみ》が朝の陽光に銀色に輝いている。

「それに、道がきれいですね」

舗装《ほ そう》されている、とまではいかないが馬が問題なく通れるのだ。

「薬師たちが管理して、環境《かんきょう》を保ってくれているのだな。密猟だの薬草の密採取だけでなく、森林伐採《ばっさい》して木々を盗んでいってしまう連中もいるという話だ。木材は貴重な資源であるとはいえ、王領地に盗みに来ようとは恐れ知らずもいいところだが……そういう奴らも、銀の狼が追い払ったと国史には書かれていた。そうなのだろうか？」

王とその婚約者の乗る白馬を先導する、案内人の薬師に話を振れば、彼はかしこまって答えた。

「おそれながら、陛下。おっしゃる通りで。狼神の眷属は、この森の要《かなめ》でございます」

「森の中央には聖域があるんだそうだな。それは、どういうところだ？」

「聖域は、我らも入ることが許されていませんで、聞いた話ではありますが、美しい湖があるそうです。その湖面は月を映し、神々のおわす天上への門が開くという伝説がございます」

その門の番人こそが初代の月の聖女であった、という話で――。

「天井《てんじょう》の門……いよいよ、おとぎ話だな」

密着したギルハルトがアイリにだけ聞こえるほどの声でささやく。

馬で後ろからついてきているアルフリードが、考え深げに眉根《まゆね》を寄せて言った。

「陛下。密猟者のことで、気になることがございます。薬師の村の目撃者《もくげき》が殺されなかったのは幸いでありますが……私には、悠長《ゆうちょう》に思えてならないのです」

「ああ、そうだな。禁忌《きんき》に手を出している割に、のんきすぎる」

ギルハルトも短く応じる。案内に、薬師の村の男たちがついてきているのだ。表立っては言えない。普通《ふつう》であれば目撃者は口封《くちふう》じに殺すだろう、とは。

薬師の村人の話によると、密猟犯はまだ森に滞在している気配があるということで。

「泥棒《どろぼう》ってのは、手間がかかるほど時間がかかるほど嫌がるもんだろう。とっとと盗んで、さっさと逃げてしまえばいいのに、いつまで滞在しているつもりだ」

「よほど実入りがいいということでしょうか」

「それにしても、同じ場所に留まるのはリスクが高いだろう。銀の狼に噛み殺されないにしても、王領地での狩猟は極刑《きょっけい》に値《あたい》すると庶民《しょみん》にも周知している」

ギルハルトの言葉に、銀狼騎士団のひとりが言った。

「おそれながら、銀の狼の毛皮が、まだ獲《と》れていないのではないでしょうか」

すると、次々に騎士団の者たちが意見を口にする。

「なるほど、銀の狼の毛皮は格段に高い値がつくと商人が言っていましたね」

「どんな方法で禁足の地に踏み入れているかはわかりませんが、自分たち以外が入れないとなると、ライバルもいない最高の稼《かせ》ぎ場ということになります」

「それにしても、王領地だぞ。甘く見るにもほどがあるだろう」

「ここは王都から離れているから、危機感が薄《うす》れるのでしょうか」

森の平和を乱す者に対しての抑止力《よくし》が銀の狼とやらだけだ、というと、その銀の狼さえ攻略《こうりゃく》すれば、反対に、何も怖くないということで。

――銀の狼って、狼神の眷属なんだよね……密猟者は、どうやってそれを退けているんだろう？

もしかして、あの腕輪は森の賢者じゃなくても作成可能なのだろうか。

あの腕輪が普通の装飾品《そうしょく》と違うところといえば、きらきらした光を放っていることだ。同じように再現できれば――そんなことを考えていると、ギルハルトが言った。

「アイリ、目の具合はどうだ？」

「だいぶ慣れてきたみたいです。ギルハルトはいかがですか？」

一応、日差し避《よ》けということでフード付きのマントを被《かぶ》っているギルハルトを見上げてみる。平時はアイスブルーの瞳が、やはり銀色に輝いている。

「おまえがいるおかげで問題ない。体調はむしろ、かなりいい。許されるならば、森の中を駆《か》け回りたいくらいだ」

「駆け回りたいんですか？　えっと……密猟者の問題が解決したら、一緒に駆け回りましょうね？」

完全に、かつて飼っていた犬のお散歩に付き合うくらいの気持ちで応えれば。

「問題が解決したら、おまえとは、駆け回るよりもしたいことがあるんだがな」

耳に吹き込まれる甘い声。

昨晩のきわどいいちゃいちゃを思い出して、アイリはぴっと背筋を伸ばす。恥じらいをごまかすように、無理やり話題を紡ぎ出した。

「あ、のっ、私たちも騎士のみなさんも、腕輪を持っていないですけど、本当に大丈夫なんでしょうか」

「ここは王領地だぞ。王《おれ》の狩猟場だ。随身《ずいじん》の者たちは王の狩猟隊ということで入れば問題ないと、記録に残っている」

「狩猟隊……実際に狩りをするわけではないんですよね」

「ああ。俺は娯楽《ごらく》での狩猟は趣味《しゅみ》じゃないからな。戦《いくさ》の訓練のためだとしても、弱い獣《けもの》を大勢で狩るのはな……もっと有益な訓練があるだろうと思ってしまう。人肉の味を覚えた熊を駆除《くじょ》する、くらいの目的があるのなら、やってやらんでもないんだが……」

ギルハルトの好戦的な口調が冗談《じょうだん》とは思えなくて、アイリは力なく苦笑しながらも、彼の自己申告《しんこく》通り体調も精神状態も良好なようで安堵《あんど》する。

その時、アルフリードが声を上げた。

「陛下、ご覧ください」

アルフリードが指さす先には、野営の跡《あと》がある。

「なんと、これは……」

案内人の薬師が呆れるような感心するようなつぶやきを漏らした。

薬師の村の民が密猟者に襲われてからというもの、薬草の採取をろくろくできなかった薬師は、この辺りまで見回りに来ることができずにいたという。

「私は、この森で初めて、このような野営の跡を見ました……賢者の森は《森の衛士》と呼ばれる狼が多数存在するのです。たとえ腕輪をつけた薬師であっても、野営できるような場所じゃない」

「《森の衛士》が多数？　──銀の狼は、そんなにたくさんいるのか」

ギルハルトの問いに、薬師はうなずく。

「神の末裔とされている銀毛の狼は現在、五匹《ひき》が確認《かくにん》されています。他にも、彼らの眷属である見た目が普通の灰毛の狼は、三十匹前後いるのではと」

「そんなにも」

悪漢の侵入を許さぬ守り手が多数うろつく場所で眠ることができるとは、よほど勇敢《ゆうかん》なのか愚《おろ》かなのか……。いよいよ、狼たちから襲われないためのいわばお守りの腕輪を持たずに、どのようにして侵入者どもが狼の難から逃れているのか謎である。

「とにかく、先に進もう」

薬師の先導で奥に向かって歩みを進めれば、案内役の薬師により、薬師ではないシロウトによって薬草を採られた跡が指摘《してき》される。

薬草だけではない、獣を狩って血を抜《ぬ》いた跡も散在していて――。

「落ちている毛を見るに、狼を殺した跡ではないですね」

「……狼の毛皮だけでなく、ラケルタ国では賢者の森で獲れる猪《いのしし》や熊の肝《きも》が、薬の材料に使われて、高く売れるという話です」

暗い目をした薬師に言われて、アイリが深刻につぶやく。

「道の途中《とちゅう》で会った、異国の商人の方も言っていましたね」

銀の狼は、ルプス国の象徴であり、賢者の森の守り手。

「ギルハルト。銀の狼を守ることが、すなわちこの森を護ることになるんです。何度も遠吠えが聞こえていますが……狼たちは怒っているように感じます」

「ああ、その通りだな、アイリ。先人はここを禁猟区にしたわけだ。この森が狩猟し放題であれば、あっという間に、獣の一匹もいない森になっていただろう。こんなにも深刻なことになっているとは……対処が遅《おく》れたこと、重ねて詫《わ》びよう」

ギルハルトの言葉に、案内人が首を横に振った。

「と、とんでもございません、陛下！　我らの危機にこそお越《こ》しくださったこと、心より感謝申し上げます。このご恩を、我々は決して忘れません！」

「他にも、おまえたちにとって、何か困っていることや心配事はないだろうか」

「はっ、そ、それは……」

ちら、と薬師の視線が不自然に動いた。

その先には、薬師からつかず離れずの距離《きょり》を保ってついてきていた男の姿がある。田舎臭《くさ》くない、妙《みょう》に都会然としている男の存在は、ずっと目についていたのだが。

ギルハルトが、案内人に問うた。

「そっちにいる男は、何者だ？」

薬師が答えるより早く、都会然とした男が答えた。

「わたくし、公爵様の相談役として召《め》し抱《かか》えていただいた者でして」

「ああ、そういえば、そんな者がいると聞いたな。この土地の者ではないとか」

男のなまりの混ざらない言葉遣《づか》いは、不自然なほどきれいだ。

「はい。元々、都でさる貴族に召し抱えられていたのですが、執務《しつむ》や管財の補助ができる者がいないかと誘われたのをきっかけに、思い切ってこちらに移住しました。アドバイザーとして観察眼が的確だと、公爵様には喜んでいただき、よく使っていただいてましてね。今回も、陛下が御自らなされる視察の監督《かんとく》をおおせつかり、そして、陛下のご活躍《かつやく》を報告せよと命じられたのでございます」

　粛々《しゅくしゅく》と頭を下げて説明をする男に、ギルハルトは眉をひそめた。

「クヴェレ公から命じられた……病床《びょうしょう》からか？」

「はい。間違っても国王陛下に非礼があってはならないと、それはもう心配なさって」

「………………」

　ギルハルトは徒歩で王の乗る馬の傍に控《ひか》えていたフリッツに目配せした。

　さっとその場を離れるフリッツ。

　そのとき、どこかで狼の遠吠えがして、案内人が言った。

「申し訳ありません、陛下。ご案内できるのはここまでです。ここからは、オーク林が続く、オークの神殿《しんでん》と呼ばれる場所になります」

「オークの神殿……」

　ルプスは狼神を守護神として祀《まつ》っており、各地に神殿はあるのだが、主神殿が建てられていない。その代わりに、賢者の森を聖地としており――。

「オークの神殿こそ、狼神の主神殿とされています」

　本来、神域というのは血で穢《けが》してはならぬ場所だが、狼神は守護神と同時に狩りの神様でもある。

　だから、王領地は聖地であると同時に、王だけ――狼神の末裔だけに許される狩猟場だ。

ここから先は、王の狩猟隊であるというていで先に進まねばならない。

「我々薬師には不可侵《ふかしん》の場所なので、この先がどうなっているかは村の者にもわからないのです。さらに先の神域とされている、湖がある場所は、歴代の王も踏み入れた者は、数人しかいないということで」

「数人？　王にも、神域には入れる者と入れない者がいるということか」

アルフリードの問いに、案内人は首を横に振る。

「いいえ、条件を提示されているわけではなく」

困ったように口をつぐむ案内人に、ギルハルトは苦笑する。

「提示はされていないが、ここから先に進む条件は、勇気というわけか」

「おそれながら、ご慧眼《けいがん》の通りで」

「これだけの狼の警告の声が響いているのだ。狼神の末裔といえど、恐れるのも無理はないだろう……」

無理もない、と言いながら、ギルハルトの声に臆《おく》すような響きはなく、むしろ期待と興奮すら交じっていた。

案内役と別れて、ギルハルトの狩猟隊はさらに先へと行く。

なるほど、あたかも支柱のようにずらりと並ぶオーク林が続く場は、これがそのまま神殿のようだった。

オークの神殿に入ったとたん、場の気配が変わったのがアイリにはわかった。

何か、濃密《のうみつ》なものが身にまとわりついてくるのを感じる。

――嫌な感じではないけど……不思議な感じ……。

初めての感覚だ。

木々や草花の色がより濃く見えて、光の粒が増えている。

その濃密さに、息苦しささえ覚えはするが、森に入ったばかりのようなめまいはない。

それにほっとしていると、薬師と共に去った公爵の相談役だという男の姿が完全に見えなくなったところで、アルフリードが口を開いた。

「相談役とかいう男……監督のために同行していると言っていましたが、まるで案内役の薬師を監視《かんし》しているようでしたね」

「ああ。俺たちとあの薬師とだけにしたくなかったようだな」

ギルハルトの相槌《あいづち》に、アイリが言った。

「クヴェレ公の薬師の娘さん……ロッテさんも名代――ニコラウスさんの視線を気にしていたようでした」

アルフリードが何か言いたそうに口を開き、そして閉じたのにアイリは気が付いた。

「アルフリード様？」

「遠慮はいらない。忌憚《きたん》のない意見を」

ギルハルトに穏やかに促され、迷った末に、アルフリードが言った。

「あの相談役の男、隠してはいましたが、なまりが入っていました」

「え……？　私には、反対になまりのない都会的な言葉だと感じましたが」

「おそれながら、妃殿下。語尾《ごび》のイントネーションが、ラケルタ語独自のものだったと」

ラケルタ国は、はるかな昔、この賢者の森を奪おうとした――今も、国境でアルフリードが騎士団長として退けている、仇敵《きゅうてき》と言っていい国である。

「それだけで間諜《かんちょう》であるとは断定できませんが、注意を払った方がいいかと」

「ああ。すでに、手の者を調査に向かわせている」

ギルハルトの言葉に、アルフリードはうなずく。

「これは、差し出口でありましたな」

「いや、そんなことはない。さすがだ、アルフリード」

「本当にすごいです。アルフリード様、よく、なまりにお気づきになりましたね」

まったく気づかなかったアイリが感嘆《かんたん》すれば、ギルハルトも同意する。

「同盟国と敵国の言葉に通じているのは、政治のうえで肝要《かんよう》なスキルだ。俺は、まだまだ勉強不足だった」

「大げさにおっしゃらないでください。ラケルタ国は長年相手をしているので」

「どうして、そのことを教えてくださるとき、迷われたんですか？」

アイリの素朴な疑問に、アルフリードは一瞬の迷いを見せてから、口を開く。

「……恥ずかしながら、ラケルタ国の言葉に通じていることで、私をお疑いになられるかと思ってしまいまして……。我が弟の密猟の疑いが晴れていません。そのうえで、敵国の言葉を知っていると言えば、ラケルタ国への密売の疑いが深まるかと少し……案じました」

「正直だな」

ギルハルトからほほえみ交じりに評されて、謙虚《けんきょ》な騎士は目を伏せる。

「おそれながら、それだけが取り柄《え》です」

やはり迷いを含んだ表情のままでいるアルフリードは、弟への嫌疑《けんぎ》を晴らしたくて必死なのだろう。

「しかし……ラケルタ国か。建国前から、かの国は、ルプス国への執着《しゅうちゃく》が強い」

賢者の森周辺は、肥沃《ひよく》な土地であるが、地政上の要衝《ようしょう》というほどでもない。

「国境から遠いはずのこの森を獲ろうというのも妙な話ですね」

普段からラケルタを相手取るアルフリードがつぶやき、アイリがうなずいて口を開く。

「建国前――大昔のラケルタ国は呪術《じゅじゅつ》大国だったと、サイラスさんの授業で習いました」

「ああ。昔ほどではないが、いまだに宗教や医術に呪術的なものを用いているらしい。やれ猪の肝だの熊の肝だの……かっても、そういうものが欲しいから、この森を欲しがったということか？」

それは、大戦争を仕掛《しか》けるほどのことなのか。

ともあれ、ラケルタ国の侵攻《しんこう》を退けた狼神が新たに建国、月の聖女の力で人の姿をとり、それからただの一度も他国からの侵攻を許していない。

「密猟者たちは、神殿まで入り込んでいますね……」

深刻なアルフリードの言葉に促されて見てみれば、またも野営の跡があった。

野営の跡は温かくはないけれど、風雨にさらされていない。ギルハルトは眉をひそめる。

「……妙だな」

「そうですね。あたかも、わざと跡を残しているような」

「こっそり行動する気がないのか、侵入者どもは」

明らかに武装をした王の狩猟隊が入ってくれば、悪党が逃げる可能性が高い。そのために、国境騎士団が森の周囲に網《あみ》を張っている。が、それにしても。

「のんきすぎやしないか？　これでは、まるで——」

ギルハルトが言葉を続けようとした瞬間《しゅんかん》、オオカミの遠吠えが周囲に響き渡《わた》った。警告を発するようなそれに、ギルハルトが周囲を見回した。

アルフリードが瞬時《しゅんじ》に剣《けん》を抜き、鋭《するど》くひとこと。

「陛下……！」

「ああ。みなの者、そなえろ！」

ギルハルトの警告に、銀狼騎士たちが、ハッとして剣を抜く。

「連中、のんきにしていたんじゃない。王の狩猟場に、王《おれ》が訪れるのを待っていたんだ！」

木々の陰《かげ》から、姿を現したのは黒衣《こくい》の男たちだった。

「十二、三人、といったところか」

「陛下、樹上にも……！」

葉の生い茂るオークの樹《き》の上にはかまえた弓に矢をつがえる男の姿が――次の瞬間、ひゅっ、と風を切って射かけられる。

明らかに自分を狙《ねら》ったその矢をギルハルトは驚異《きょうい》的な動体視力でとらえていた。

くるりと手の内で逆さにし、男たちへの警戒《けいかい》をゆるめず矢じりに目を走らせる。

「毒か。ふん、なるほど――」

どうして、密猟者どもは銀の狼を恐れていないのか？

「矢じりに塗《ぬ》られているのは、おそらく、人狼を殺す毒――始祖を同じくする、森の衛士たる、銀の狼をも殺す毒というわけだ」

「サイラスさんが、おっしゃっていた……？」

「ああ。何度もアイリを攫おうとしやがったあの連中は、人狼を殺す毒を作ろうとしていたんだよ。狙いは俺だと思っていたが、どうやらそれだけではない。強欲《ごうよく》な連中だ」

王とその婚約者を護るように、前に出て剣をかまえるアルフリードが、声を上げる。

「この狩猟隊、誰が率いているのかを知っての狼藉《ろうぜき》か！」

「ああ、こいつらは承知だ。これまでに俺を王と知りながら刃《やいば》を向けてきやがった。アルフリード、気を付けろ。矢じりだけではなく、剣の刃にも毒が塗られているはずだ。俺たちがそれを受ければ、ただでは済まないぞ」

ギルハルトは、黒衣の者たちに向けて問うた。

「おまえたちは、かつて解散させられた、《猟犬》であった者たちか」

彼らは答えない。答えの代わりに、矢が射られた。

飛来するそれを剣で叩き落として、ギルハルトは再度問う。

「おまえたちは、先の王妃に——俺の母に恨《うら》みがあるのか」

とたんに、黒衣の男たちの殺気が急速に膨れ上がる。

狩猟隊と、襲撃者《しゅうげきしゃ》。男たちは刃を互《たが》いに向け合い、またたきの間にこの場は戦場と化すだろう。人間たちの発する殺意と敵意が入り交じる中、不思議なことに、アイリの心はどんどん鎮《しず》まっていくのを感じていた。

さらに不可思議なことに、殺気の渦巻《うずま》く現状に、恐怖心はまるでない。

アイリは子どもの頃から他者の放つ空気を読んで、みなの和を乱さぬように立ち振る舞う性質である。だから、このひりつくような緊迫《きんぱく》した空間に、恐慌《きょうこう》を起こしておかしくないのだが――この森の中では、奇妙《きみょう》に心が落ち着いた。

人間の放つものよりも、森の放つものの方がはるかに強大で、それが総じてアイリに安定を与えているとでもいうような。この場で、ただひとり平静な心を保つ彼女は、ふと、あることに気が付いた。

「アイリ？」

ギルハルトが婚約者の様子があまりにも静かなことに声をかければ、アイリは、黒衣の男たちのいる方向、茂みの中を指さした。

人間たちが凶暴《きょうぼう》な感情を発するほどに、アイリの心は鎮まり、感覚が研《と》ぎ澄《す》まされていき――脳裏《のうり》に閃《ひらめ》いた通り、ほとんど予言のように言葉を発する。

「銀色の、きらきらが……見えるんです」

それは、ギルハルトの放つ光の色によく似ていた。彼が放つものよりも、はるかに淡く小さいけれど、たしかに見える。

ギルハルトはアイリの言葉に、一瞬だけ黙考《もっこう》し、指示を飛ばした。

「茂みの中にも幾人か潜《ひそ》んでいる……総員、矢での攻撃《こうげき》には気を付けろ！　アルフリード！　貴殿はいったん下がれ！」

「いいえ、問題ありません！　陛下こそ、お下がりを！　妃殿下をお守りください。我らは、彼らを拿捕《だほ》します！」

と、ここまでひとことも発しなかった、黒衣の男のひとりが憎《にく》しみのこもった言葉を放つ。

「死んでもらおう」

毒に塗《まみ》れた刃が、襲いかかってきた。

樹上から現れるなり、アイリを狙う手を、ギルハルトが剣の一振りで斬《き》り落とす。

「おまえたちに恨みがあるのは、俺ではないのか⁉　ルプスの王妃を恨んでいるのか！　だとしても、なぜだ、なぜ、まだ婚姻前のアイリを何度も狙ってくる！」

彼らは答えない。

王を狙って射らかけられ続ける矢は、何度もギルハルトをかすめそうになって、アイリは夢からさめた気持ちになる。落ち着いていた心が波立ち、悲鳴を上げそうになるが、それが戦いの邪魔になってはならないと必死にこらえた。

――足手まといになるのだけは、避けないと……！

歯がゆく思いながら、つないだギルハルトの手を離すべきかと葛藤《かっとう》していた、その時である。

「聞こえるか？」

聞き覚えのない声がした。澄んだ、少年めいた声だった。

「アイリ・ベルンシュタインよ。おまえの背後、猪どもが縄張りを騒がせて怒っていやがる。それが、聞こえるか？」

「え……？」

「聞こえるか」

ハッとして振り返れば、たしかに木々の向こう、藪《やぶ》の中に身を低くした大小のイノシシが大勢こちらに敵意を向けているのが見えた。男たちの騒乱《そうらん》でまったく気が付かなかった。

巨大《きょだい》なイノシシを筆頭に、中くらいのイノシシ、そして十匹くらいの仔犬大のイノシシが……そう、彼らは縄張りを荒《あ》らされたことに怒り狂っていて——。

「あ、あなたたちのお庭にお邪魔して、ごめんなさいね⁉」

場違いにも、アイリは半泣きで獣を相手に謝っていた。

殺気立っている者の顔色をうかがうよりも、平和に暮らしているものたちを乱す方が、アイリにとってはおおごとなのである。

すると、途端にイノシシたちの敵意が消え失《う》せて——この感じには、覚えがあった。

見上げているつぶらな瞳。アイリの顔をじっとひたむきに……。

実家の所領の牧場に遊びに行った際、ヒツジやヤギたちがひたむきに発していたもの。

そして王宮の馬場で、馬たちも同じものを発していた。これは。

――私に、撫でられるのを期待しているまなざしっ！

さあやれ。ほらやれ。すぐにやれ。

急《せ》かす視線に詰《つ》め寄《よ》られ、ごく、とアイリは息を飲む。必死で頭を巡《めぐ》らせて、口を開いた。

「わ、わ、わかったわ。その代わり……あの黒衣の人たちをやっつけてほしいの。私が手をつないでるこの人と、あの背の高いアルフリード様と、銀色の腕章《わんしょう》をつけている騎士の人たちには、何もしないでね。黒い服の人たちだけ、あなたたちの縄張りから追い出してくれたら、ここにいるイノシシさん、みんな、たくさん撫でてあげるから」

そう約束をしたとたん、キラーン！　とばかりに瞳をきらめかせた十数匹のイノシシたちは、一斉《いっせい》に草陰《くさかげ》から飛び出した。

まさに猪突猛進《ちょとつもうしん》、一直線に走る彼らは、黒衣の男だけを的確に跳《は》ね飛ばしていく。

「な、なんだ、こいつら突然《とつぜん》っ」

「ぎゃあああああ!?」

森にすさまじい悲鳴が響き渡り、仲間たちが次々に跳ね飛ばされる事態に異常を悟《さと》った黒衣の者たちが蜘蛛《くも》の子を散らすように樹上に逃れて引いていく。

「あの身のこなし、かなり訓練が施《ほどこ》されていますね」

イノシシに激しく跳ね飛ばされ、足の骨を折り動けない黒衣の男を捕縛《ほばく》しながらアルフリードが、ギルハルトに向けて言った。

「探索《たんさく》はいったん打ち切りましょう！　妃殿下がいらっしゃる状態で、奇襲《きしゅう》戦に持ち込まれれば危険です！」

「ああ、そうだな。アイリ、怪我などないだろうか」

「はい、私は大丈夫です。あ、すみません、みなさんだけで、村に戻っていていただけますか？　私、この森に残って、イノシシさんたちにお礼をしないといけなくて」

「……？　いったい何をおっしゃって」

アルフリードをはじめ、騎士たちが怪訝《けげん》そうな顔をする中、ギルハルトだけが瞠目《どうもく》する。

「あのイノシシたちの襲撃は、アイリが命じたというのか？」

「命じたというか、お願いというか……あ、はいはい、じゃあ、順番にね」

イノシシたちがせっつくようにアイリを囲もうとしたその時、また、少年の声がする。

「イノシシたちよ、それはまた後にしてくれないか。僕は、その女に用があるのだ」

「え？」

声はギルハルトやアルフリード、銀狼騎士たちにも聞こえているらしい。あたりを見回すも、声の主らしき者の姿はなくて――。

「ついてこい」

声と同時に、いつの間にアイリの肩にいたのだろう。そこからシロが飛び立った。

先ほどまで待ちきれない、とばかりにアイリに詰め寄っていたイノシシたちは、少年の声に素直に従い、両足をそろえてその場にとどまっていた。

イノシシたちの視線が、白いフクロウを追っている。一番大きなイノシシがすっと踵《きびす》を返すと、すべてのイノシシがそれに倣《なら》い、森の奥へと消えていった。

またあとでね、と心の中でイノシシたちに詫びながら見送ったアイリは、振り返る。

「ギルハルト、私、行かないと。一緒に来ていただけますか？」

ギルハルトは答えず、謎めいたフクロウに対して鋭い視線を投げていたと思うと、異母兄を振り返った。

「アルフリード、すまないが、あとを頼めるだろうか。俺の騎士たちを連れ、いったん村へ戻ってほしい。捕縛した男たちの尋問《じんもん》を」

「陛下は？」

「アイリとふたりで、この先に向かわねばならんのだ」

「そんな！　狼藉者が逃げて潜んでいる森です、おふたりだけで、とどまるおつもりで⁉」

動揺《どうよう》にざわめく銀狼騎士たち。と、その時である。

「ここから先は、さらなる聖域。王族と月の聖女だけにしか立ち入りを許していない」

また少年の声がどこからかする。

「だ、誰だ！　おまえは、名を名乗れ！」

たまらず、騎士のひとりが上げた声に、少年の声は厳《おごそ》かに答えた。

「我は、《森の賢者》と呼ばれるもの」

ギルハルトが、動揺する騎士たちを振り返って言った。

「どれだけの悪漢が迫《せま》ろうと、問題ない。先ほど、我々を救ったあのイノシシたちの襲撃は、アイリの力だ。どうやらこの森では、我が妃は比類なき力を持つらしい」

「そ、そんなことが？」

「聖地で奇跡《きせき》を起こされるとは……妃殿下は、真《まこと》に聖女であらせられるのか……」

なでなでを引き換《か》えとする奇跡を、果たして奇跡と言ってもいいものか。恐縮《きょうしゅく》に身を縮めるアイリであるが。

「この先に何が待っていようと、アイリがついていれば、心配ない。なあ、アイリ」

ギルハルトの向けてくる瞳が、信頼《しんらい》を預けるものであったから、縮めていた背筋を伸ばし、堂々としたほほえみを返した。

「もちろんです。お任せください、陛下」

この状況《じょうきょう》、士気を落とすわけにはいかない。虚勢《きょせい》であっても、この森にゆかりある自分が怯えを見せてはならないと。アイリはギルハルトの手を取り、迷うことなく歩き出す。

アイリの歩く先には、シラユキの姿があった。

先ほどの乱闘《らんとう》で飛び交《か》った矢に驚いた馬は散り散りになって騎士たちが連れ戻しに動いているが、アイリの馬だけはその場にとどまっていたようだった。まるで、主人に必要とされるのがわかっていたように。

賢《かしこ》い愛馬をアイリはねぎらうように優しく撫ぜた。

鐙《あぶみ》に足をかけ、ギルハルトがシラユキに乗ると、アイリを軽々引き上げる。

ふたりを乗せた白馬は歩みを進める。森の最奥《さいおう》──王族と月の聖女だけにしか立ち入りの許されていない場所へと。

——4. 森の賢者と衛士たち

馬に乗り、アイリとギルハルトは森の奥へと向かっていた。

不可侵《ふかしん》ゆえに道なき道、手綱《たづな》を任されたアイリは迷いなく進んでいく。

アイリに任せると言ったギルハルトは、本当に何も聞こうとしなかった。その信頼《しんらい》に胸を温めながら、アイリは口を開く。

「ギルハルト、私たちは森の賢者《けんじゃ》の招きに従って神域に向かっています。さっき、イノシシが助けてくれたとき、私に知恵《ちえ》を貸してくれた声があったんです」

「《森の賢者》と称《しょう》していた声だな」

「はい。その声が、森の奥に進めと言っていて——私は今、きらきらした光が澄《す》んだ方へ向かって進んでいます」

「俺の目には、うっそうと薄暗《うすぐら》い方に向かっているように見えるんだが。さっき、襲撃《しゅうげき》に遭《あ》ったときにも、きらきらした光が襲撃者のいる方に見えた、と言っていたな。それはなんだったんだ？　俺のような人狼《じんろう》の血を引く奴《やつ》が、黒衣の連中の中にもいるということか？」

「わかりません。そういう人がいたというわけではなかったと思うんですが……」

やがて明るい開けた場所に出ると、そこには大きな湖があった。

ふたりは馬を降りる。

湖面がまばゆく輝《かがや》いていて――ぽっかりと空いた木々の間から差し込む光の反射かと思えば、どうやら湖自体が黄金色《こがねいろ》の光を発しているようだった。

「私には湖が光を放って見えるんですが……ギルハルトにも見えますか？」

「いいや。俺には青く澄んだ湖にしか見えない」

「そうですか……」

黄金の光は見惚《みと》れるほどに美しく、見つめていると、安堵《あんど》と畏怖《いふ》が同時に胸に去来《きょらい》する。

矛盾《むじゅん》を孕《はら》む不可思議な感覚におののいていると、つないでいたギルハルトの手がアイリを引き寄《よ》せ、反対の手が剣《けん》の柄《つか》に触《ふ》れた。

シラユキがいななく声。

と、湖畔《こはん》を囲む木々のあちこちから、数多くの狼《おおかみ》が姿を現したではないか。

アイリが、怯《おび》えるシラユキの首を叩《たた》いてやると、すぐに落ち着きを取り戻《もど》す。

「ギルハルト」

「ああ。かなりの数の狼だが……なるほど、銀色の毛皮の狼が数匹《ひき》いるな」

あの銀色の狼こそが――。

――賢者の森の衛士……！

彼らを取り巻く灰色の狼たちはその眷属《けんぞく》か。

湖を挟《はさ》み、反対側の湖畔、白いフクロウがふわりと降りた木の、その根元、銀色の狼のうちの一匹が立っていた。周りには、やはり、眷属とおぼしき灰色の狼が数匹取り巻いている。

フクロウの傍《そば》にいる銀の狼が、ぐるる、とうなり声を上げ、まっすぐに歩いてきた。

ひた、と視線をギルハルトに据《す》えて。

明らかな敵意を……いや、殺意を放っていた。

殺気にあてられ、差し向かうギルハルトもまた殺気立つ。剣の柄にかけた手が、それを握《にぎ》り締《し》め――と、あの少年の声が言った。

「『貴様は、王失格だ』」

アイリについてこいと言ったのと同じ声が、清浄《せいじょう》な森の空気に響《ひび》く。

「『賢者の森は不可侵である。人間は、その契約《けいやく》を破ったのだ。狼を殺す毒を使って』」

「狼を殺す毒……」

「ああ。『それで、我が眷属が何匹も殺された』」

少年の声が放つ言葉の内容は殺伐《さつばつ》としていて、恨《うら》みがましいのに、口調はひどくのっぺりとしている。まるで他人事《ひとごと》であるように。

「『あれは人狼にしか使わないという約束のはずだ。そういう約束で、森の賢者は毒をくれてやったんだろう』」

「待て。王失格と言うが、この俺は、その毒を使ったことなど一度もない」

「『森に侵入《しんにゅう》してきている黒衣の人間どもが、その毒を使い、森の衛士たる我《わ》が眷属が殺されたのだ。この森を守ること、すなわちいにしえの約束を護《まも》ることは、我々の務めであり、人間の王の務めでもある。おまえは務めを怠《おこた》り、人間に毒の使用を許した。挙句、我が妻までもが殺されたのだ――許さない。決して許さない』」

狼たちはうなり声を上げる。

怨嗟《えんさ》の声がとどろくように、うなり声が湖畔にこだまする。

手をつないだアイリとギルハルトは、狼に取り囲まれていた。だが、それは一部でありすべての狼ではない。大半の狼たちは湖畔にたたずみ、傍観者《ぼうかんしゃ》のように静かに見つめている。

殺気立った狼の視線は、王たるギルハルトに集中し、今にも襲《おそ》いかからんと低い体勢を取って――。

「待って！　みんな、話を聞いてちょうだい！」

制止を命じる声を阻《はば》むように、アイリの手を引く手がある。

ハッとして、手を引く者を振《ふ》り向《む》くと、それは見知らぬ男——いや、子ども？　真っ白い髪《かみ》に、青白いほど白い肌《はだ》、白いローブを身にまとった少年だった。

——誰《だれ》かに似てる……？

と、思うと同時に、ぐらりと空間がゆがむような奇妙《きみょう》な感覚に襲われる。めまいを覚えて、たたらを踏《ふ》めば、手を引っ張られるままに歩みを進めざるを得ず。

「アイリ！」

「ギルハルト……！」

婚約《こんやく》者が奪《うば》われ、引き離《はな》されていく。ギルハルトの意識の切り替《か》えは早かった。

謎《なぞ》の少年から、アイリを取り戻す前に、先に片付けねばならないことがあるのだと、彼の中の恐《おそ》ろしく冷静な場所が逡巡《しゅんじゅん》なく判断し——凶悪《きょうあく》な笑《え》みが浮《う》かぶ。

「貴様ら……この銀狼《ぎんろう》王に喧嘩《けんか》を売ったこと、あの世で後悔《こうかい》させてくれる……」

先に片付けることは、当然、ここにいる狼どもを片付けること。剣を抜《ぬ》き、殺気をみなぎらせそうになって、ハッと思い出す。

銀の狼を守ることが、すなわちこの森を護ることになる、と。

狼たちは怒《おこ》っているのだと、アイリが言っていたではないか。

森の衛士を護ることこそが、王の仕事であり契約であり――。

殺気を収めたギルハルトは、剣を持つ手を脇《わき》に落とした。

目を閉じる。そして、言った。

「俺は、俺の妃《きさき》を信じる」

銀色の狼が、すさまじい勢いでギルハルトに飛びかかる。鋭《するど》い牙《きば》が肩口《かたぐち》に向かって襲いかかり――。


「ギルハルト！」

ギルハルトの方へ身を乗り出し、走り出そうとしたアイリは、しかし、次の瞬間《しゅんかん》ぎょっとしていた。今まさに深い森の中、湖畔に立っていたはずが、目の前にあるのは――。

「え……？　壁《かべ》？」

気づけば、ここは……小屋の中？　だろうか。

アイリは、素朴《そぼく》な作りの小さな建物の中にいた。

周りを見回してみれば、やはり素朴なテーブルに、棚《たな》、そして、壁に張り巡《めぐ》らされたロープには薬草らしき草や木の根がずらりと吊《つ》り下げられている。

「？？？」

呆気《あっけ》にとられたのは、一瞬《いっしゅん》のことで。

「っ、ギルハルト……！」

今にも、飛びかかられ、牙を突《つ》き立てられそうになっていた婚約者。救わねば、という一念で、アイリは謎の小屋から出るべく勢いよく扉《とびら》を開けるも――。

「……へ？　ここは……？」

さらに困惑《こんわく》することになった。扉の先は、先ほどの湖ではなかったのだ。

切り開かれた草地――木々にうっそうとしていた神域と呼ばれていた場所とは、まるで違《ちが》う光景が広がっているのだ。

ぐるりと小屋の周囲を走ってみても、どこにも黄金に輝く湖が見当たらない。

混乱するアイリの背後、涼《すず》やかな声――あの少年の声がした。

「ここは僕の空間だ」

振り返れば、そこにいたのはアイリの手を引いた、髪も肌も白い少年だった。

「空間……？　って、今はそんなことといい、あなたは誰？　あ、違う、それも今はいいから、早く、ギルハルトのところへ！　さっきの湖は、どこにあるの!?」

必死の形相で詰《つ》め寄《よ》るアイリに、声と同じ、涼しい目元をした少年はにこりともせず言葉を返す。

「あの場に、おまえがいたところでどうなるっていうんだ？」

「どうって……彼を助けないと！」

「ここは、銀狼王の領地。どのように運命が転ぶかは、あの王次第《しだい》だ」

「運命？　何を言ってるの、ギルハルトは、狼に襲いかかられたのよ!?」

狼たちはあんなにも殺気立っていたではないか。

いくらギルハルトの剣技《けんぎ》が優《すぐ》れていようが、あれだけの数の獣《けもの》を相手にたったひとりで対峙《たいじ》して、ただですむとは思えない。

「私なら、狼たちを止められる。話だってできるはず。早く、あの湖へ私を戻して……！」

やれやれ、とばかりに肩《かた》をすくめた白い少年は、うやうやしくお辞儀《じぎ》をしてみせた。

「どうぞ、月の聖女」

お辞儀の格好のままで示した先の空間がたわんで捻《ね》じ曲がる。

奇妙な現象にうろたえているいとまはない。そこへ迷わず飛び込めば、元の場所——湖がある森の奥だった。

ギルハルトの姿を探して見回してみれば、湖畔に狼たちの群れがある。その中心に、ギルハルトがずぶぬれで倒《たお》れているではないか。

噛《か》みつかれたのか、ギルハルトの体の至る所に血がにじんでいて。

「ギルハルト……!?」

駆《か》け寄れば、狼たちはアイリを威嚇《いかく》したりせず、素直《すなお》に道を開けてくれた。

倒れるギルハルトの脇に膝《ひざ》をつき、息を確かめる。首に手を当てれば、あたたかく脈を打っている。外傷はあるけれど、深くはないはずだ。それほど血は流れていない。とりあえず、アイリはほっと息をついた。

周りの狼たちは、おとなしくアイリを取り囲んでいる。銀色の狼も、灰色の狼も、そのすべてに敵意を感じない。

「あなたたちは、さっきまでの殺気立った——ギルハルトを襲った狼ではないのね」

銀色の狼たちは小さくうなる。それをアイリはイエス、と受け取った。

なんと声をかけるべきかと迷っていると、少年が言った。

「銀狼王は、『俺は侵入者ではない。この森の主だ、衛士たる狼たちに決して害はなさない』と叫《さけ》んで主張し、無抵抗《むていこう》でいる証明にと、剣を捨ててみせたんだそうだ」

しかし、ギルハルトの訴《うった》え虚《むな》しく、恨みを吐《は》いて興奮しきっていた銀の狼と、その眷属の狼たちから一斉《いっせい》に飛びつかれて、湖に落ちたのだという。

「噛み傷があるし、当たり所が悪かったみたいだな……湖底で頭を打ったのかもしれない……が、問題ないだろう。四肢《しし》は引きちぎられてはいないし、骨も折れていない。気を失っているだけだ。と、この狼が言っている」

事情を説明してくれた狼が続けてうなる。

溺《おぼ》れる前に、みんなで引き上げたのだと。

「ありがとう。ギルハルトを助けてくれたのね」

狼たちは頭を下げて、アイリになでなでを要求した。

はいはい、と先頭にいた狼を撫《な》でてやれば、すぐに長蛇《ちょうだ》の列ができそうになって、アイリは慌《あわ》てて言った。

「ごめんね、また後にしてもらっていい？　すぐにギルハルトを手当てして、着替えさせてあげたいの。破傷風《はしょうふう》にでもなったら大変だし、このままだと風邪《かぜ》ひいちゃうから」

狼たちは顔を見合わせると、素直に引き下がった。

「この連中は、さっきの殺気立った奴と違って、銀狼王を仲間とみなしているようだな。銀狼王は狼たちを信じ、抵抗《ていこう》しなかったのが功を奏したというわけだ。森の衛士が『銀狼王を助けろ』と言うのなら……この僕が動かないわけにいかないか」

「……？」

「気づいていると思うがな。この僕こそが《森の賢者》だ。かつて月の聖女がやっていたこと――森の調和を保つことを使命としている」

気を失いぐったりと力なく地に横たわるギルハルトの脇に《森の賢者》が立つ。彼が右手を何もない空間にかざせば、先ほどアイリが感じたような、ぐにゃりと空間がゆがむような奇妙な感覚が襲い来て、次の瞬間には、さっきの小屋の中に移動していた。

《森の賢者》と協力し、アイリはなんとかギルハルトを寝台《しんだい》に上げる。服を脱《ぬ》がせて、冷えた体を拭《ふ》き、洗った傷口に薬を塗《ぬ》って包帯を巻き、しっかりと毛布をかけて温める。

その間、彼が目を覚ます気配はなくて、アイリはつぶやいた。

「頭をひどく打ったのかしら……」

「いいや、目を覚まさないのは、湖の力に当てられたせいだろう。なんだ、アイリ。悲愴《ひそう》というわけでもなさそうだな」

「ギルハルトの体から、銀色のきらきらが出ていて、命の心配はないんじゃないかなって、そういう気はしてるから」

「銀色のきらきらね。ふうん」

顔に感情が浮かばないものの、《森の賢者》はすうっと目を細める。名乗ってもいないのに、アイリの名を呼んだ少年を見つめたままアイリは、問う。

「『湖の力に当てられた』って、どういう意味かしら？　それで目を覚まさないって、危険なことなの？」

「この男の持つ人狼の器《うつわ》が、湖の強大な力を汲《く》み取ったのだ。新たな力を吸収して、自分の中で調整中、といったところか。まあ、人によっては危険ではある。なにせ、あの湖は、魔界《まかい》と人間界を結ぶ門なのだから」

「……？」

「今、おまえは銀色のきらきらと言っただろう。それは魔力《まりょく》だ。その光が強ければ強いほど、強く放たれていると考えればいい。王の放つ力よりも、門の放つ力の方がはるかに強い。王はそれに影響《えいきょう》を受けているというわけだ」

「ギルハルトはどうなってしまうの……？」

「さてな。おのれ次第だろ。この男は歴代の王の中でも、人狼の特性が抜きん出て強い。本来なら、人の身には納めきれないというのに、人間の血が勝った身で、無理に抑《おさ》え込んできた。それが抑えきれず、狼の耳となって出てきてしまっていたというわけだ」

よくも自力で自分の中で納めてきたものだ、とぶつぶつ言う。

「生まれてこの方、心身に大きな負担がかかり続けていたはずだ。湖の力に浸《ひた》ったことで、吉《きち》と出るか凶《きょう》と出るか」

「凶？　何か悪いことが起こるかもしれないの……？」

愕然《がくぜん》とするアイリに対して少年は肩をすくめる。

「言っているだろ、銀狼王次第だと。こいつは、あんたが来るまでは、自分の意思の力だけで人狼の血をねじ伏《ふ》せてきたんだ。つまりこいつが何を望むか、それ次第。原初の力は、純粋《じゅんすい》でいて単純だ。二度と目覚めたくないと思えば、二度とは目覚めない」

アイリはほっと息をつくと、こわばっていた全身の力を抜いた。少年は眉《まゆ》を持ち上げる。

「急に余裕《よゆう》な顔になったじゃないか」

「ギルハルトは、二度と目覚めたくない、なんて絶対に思わないから」

ルプス国の臣民《しんみん》を誰よりも想《おも》うこの人であるならば。

「ふん？　王として、義務として、表面上とりつくろうだけならば、なんとでも言える。本心ではそんなこと、望んでいないとは考えないのか？」

「言葉だけなら簡単だけど、ギルハルトは何からも逃《に》げたりしない。いつだって行動に移して、みんなに示してきた人だもの」

父王の国費の使い込みで傾《かたむ》けた財政を立て直すのに、彼は腐心《ふしん》した。王自ら帳簿《ちょうぼ》を学び、問題から目を逸《そ》らすことはなかった。

人狼の血に振り回されたときだって、彼は他者ではなく自分自身を責めたのだ。

母にかけられた呪《のろ》いを解こうと、アイリと共に歌の練習をした。

両親のせいにして恨み憎《にく》み、苦悩《くのう》を忘れる享楽《きょうらく》に耽溺《たんでき》しようと思えば、立場を利用していくらだってできたはずなのに、それをしなかった。

ギルハルトは、常に難しい方を選択《せんたく》してきた人なのだ。

「私は、ギルハルトを信じてる。こんなにも強くて優《やさ》しい人を、私は他に知らないから」

アイリは、自分が生まれた立場のために、何もかもを仕方がないと諦《あきら》めてきた。

ギルハルトと出会って、初めて諦めたくないと思ったのだ。

この王と共にいることを。

――ギルハルトを離さない。

眠《ねむ》る婚約者の手に愛情深く触れ、冷え切ったその手を温めるように包み込む。

そんなアイリを腕組《うでぐ》みした格好で冷ややかに見つめていた少年は、「まあ、いい」とぼやいて言う。

「目覚めようが目覚めまいが、力になじませるためにも休ませておく必要がある」

「彼が目覚めるまで、ここにいても？」

「放り出すわけにはいかないだろう」

「ありがとう」

忌々《いまいま》しそうな少年は、王に対して厳しい態度をとっている。

「《森の賢者》。あなたも、ギルハルトに腹を立てているの？　王領地でありながら、この森を悪党の好きにさせておいたことに。森の衛士が殺されてしまったことに」

「だとしたら、どうする？」

「約束する。悪党を捕《つか》まえて、きっと、あの銀の狼の怒《いか》りを鎮《しず》めてみせるって」

その前に、まずはギルハルトが回復するのが先なのだ。彼の青ざめた頰《ほお》を見下ろす。

額に口づけ、冷えた頰を撫ぜた。

いつも王の顔をしている男の眠る顔は、幼く見えていた。

何が来ても、たとえ先ほどの狼がまた襲い来たとしても、二度と彼を傷つけさせはしない。必ず護る、とアイリは自分に誓《ちか》い、そして今更《いまさら》ながらに白い少年に対して言った。

「えっと……いろいろとお世話になっておいて、今更なんだけど、あなたって……フクロウのシロなのかしら？」

「本当に今更だな」

少年の声に呆《あき》れと共に、おもしろがるような響きが交じる。

「どうして、僕がフクロウだと気づいた」

「見た目も白いし、それに、あなたから出てる乳白色のきらきらした光が、シロの出してたのと、同じ色をしているから」

「……おまえは、本当にそれが見えているのか……」

「この光は、他の人には見えないものなの？」

「当然だ。ほいほい見えてたまるかよ」

表情にとぼしいこの少年によく似た男のそれよりも、少し感情の起伏《きふく》がわかりやすい。

少年の発露《はつろ》するそれには、どこか傲慢《ごうまん》でいて、苛立《いらだ》ちが内包されているように思えた。

「見えたら、駄目《だめ》なものってこと？」

「逆だ、逆。とてつもなく尊く、素晴《すば》らしいことなんだ。その能力を喉《のど》から手が出るほど欲しがっている者は大勢いる。あんたが思う以上に希少な力なんだよ。あんたがそうやって無意識にやってるのは、原始魔術《まじゅつ》だからな」

「げんしまじゅつ……魔術って、本当にあるってこと？　あるとしても、ずっと大昔に、神様やその御使《みつか》いが使っていたものではなくて？」

　はるか昔の、ルプス国が建国される前、神話の時代に異民族が襲い来た。

　ふとどきな異民族が、神の御業《みわざ》を盗《ぬす》もうとした──それこそが、ラケルタ人による賢者の森の襲撃であり、それを退けたのが狼神《ろうしん》と月の聖女……というのがルプス国に伝わっているおとぎ話だ。子どもの読みものであるそれが、真実であったとは。

「アイリ・ベルンシュタイン。あんたが持つきらきらした光が見えるっていうそれを、俺たちは魔眼《まがん》と呼んでいる。今、このルプス国にはあんたほど見える人間がいない。おそらく、あんただけだろう」

「私ほどって、どうしてわかるの……？」

「あんたの作る菓子《かし》を食べればわかるんだよ。あんたは、無意識に原始魔術を使って、あの菓子を作っていたからな」

「え……私の作ったお菓子、どこか変だった？」

「菓子を作るときに何かを考えて……たとえば、願いを込めて作っていなかったか」

「ええっと……ええ。たしかにいろいろと考えたり、願いを込めて作ってた、かな」

　たとえば、書物にリンゴに疲労《ひろう》回復の効能があると書いていれば、リンゴの焼き菓子を作るときに、『食べる人の疲《つか》れが取れますように』と願いを込めて作っていた。

たくさんの客人の訪《おとず》れる茶会の菓子を作るときは、みんなが楽しい時間を過ごせますようにと願いを込めながら。慎重《しんちょう》に材料を選び、丁寧《ていねい》に下ごしらえをして焼き上げて——。

「あんたの菓子は、あんたが無意識で、ふさわしい素材を選び取り、その原料に含《ふく》まれる力を最大限に引き出し、一番効果の発揮する組み合わせで生成されていた」

「私、用意されていた食材を適当に選んで使ったんだけど」

「同じ素材でも、ひとつひとつが違うんだよ。たとえばの話をしようか。ドクニンジンという毒草がある」

茎《くき》には赤色の斑点《はんてん》、夏に白い花を咲《さ》かせる猛毒《もうどく》だ、とシロは説明する。古代には死刑《しけい》の執行《しっこう》にも使われたという。

「その汁《しる》を根にかければ林を消滅《しょうめつ》させるほどのすさまじい毒性を持つ。ところがだ、それほどまで強いドクニンジンの毒性は安定していない。同じドクニンジンでも、日照の多《た》寡《か》で毒の濃度《のうど》が変わるんだよ。つまり、同じ薬草でも成分の含有《がんゆう》量が違う。賢者の森で優れた薬師《くすし》というのは、すなわち、この成分量を見極《みきわ》める目を持つ者をいう」

公爵《こうしゃく》の看病をしていたあの薬師の娘《むすめ》も、そういう資質があっての村一番の実力者と言われているんだ、とシロは言った。

なるほど、彼女はアイリを月の聖女とひとめで見抜いたわけだ。

「それは厳しい修業《しゅぎょう》を経てのことだが、おまえは例外なんだ。修業を必要とせず、その力を行使し、実際におまえが思う通りの効能を菓子に付与《ふよ》していた」

言われてみれば、月の聖女の作る菓子を食べると、不調が改善すると宮廷《きゅうてい》中の評判だとエーファが教えてくれたことがある。

「他にも、単純な思考を持つ動物に働きかけ、操《あやつ》ることができるだろう？　それもまた、原始魔術の使い手ゆえだ。アイリ・ベルンシュタイン、おそるべき月の聖女よ」

アイリを見つめる、無表情のはずのシロの瞳《ひとみ》に熱っぽいものが宿る。

誰かに似ていると思ったけど。

――やっぱり、この子、サイラスさんに似てるんだわ。

表情にとぼしい少年。それが少し奇妙であるし怖《こわ》くも見えるけど、この瞳に宿る熱が、無表情メガネの近侍《きんじ》長が時折垣間《かいま》見せるものに似ている気がする。

「おい、なんで他人事みたいな顔してるんだよ。おまえの能力の話をしているんだぞ。もっと浮かれたり有頂天《うちょうてん》になったり、喜んだりしろ」

「そう言われても……なんだか、ピンと来なくって」

「ありがたみのない女だな」

「ありがたいとは思っているよ？　だって、そのおかげで、王宮で働くみなさんには喜んでもらえたし」

「志の低いことを言うなよな。喜ばせたって、たかが菓子だろう。もったいないと思わないか？　かつてはこの森で、月の聖女は絶対だった。この森に住まうすべての動物たち——いや、木々や草花すべてに、聖地を守るよう、その協力をするようにと伝えることこそが、月の聖女に課せられた使命だったんだ」

それを聞いたアイリはほほえんだ。

「ねえ、シロ。あなたは、さっき、狼たちの言っていることを私たちにわかるように通訳してくれていたのよね。ありがとう」

「は？　なんだ、今更。礼を言われるいわれなんてない。今は、僕が役目を果たしているだけだ。そんなことどうでもいいだろう。だから、なんで、そんなぽけっとしてられるんだよっ、もっと驚《おどろ》いたり光栄にむせび泣いたりしろよ。驚異《きょうい》的な能力なんだぞ？　使いようによっては、国ひとつ滅《ほろ》ぼすことさえできるんだ」

「へえ、すごいね」

「いや、だから、なんでそんな他人事なんだっ」

はあ、とシロは白い前髪《まえがみ》をかきあげて、ため息をつく。

「宝の持ち腐《ぐさ》れだ」

「そう言われても……だって、私、国を滅ぼそうなんて思わないし……それに、仮にしようとしても、できないんでしょ？　それをしようとしたらシロが止めるだろうから」

使えもしないものを手にしていたところで、それは単なる置物に変わりはない。ならば、実際に使えるお菓子作りに活用した方がよほど有意義であるし、重宝する。シロが『たかが』ということでも、みんなの役に立てたのは心からよかったと思う。

だから、持ち腐れなんて思わないけれど。

「シロは、たとえば、どんなことに使ったら有効だと思うの？」

「それは……そうだな」

一瞬、ためらうような間を置いて、シロは言う。

「これを見ろ。薬師たちに定期的に配って回っている、魔《ま》よけの腕輪《うでわ》だ」

小屋の壁、いくつも打ち付けられた釘《くぎ》に釣《つ》られているそれは、薬師は、村に数個しかない、と言っていた素朴な腕輪だった。

「全部、未完成品――というか、失敗作ばかりだな。たくさん作っても使えるものは、ほんのわずかだけ。けっこう難しいし面倒《めんどう》くさいし、正直、僕は作りたくない。こういうちまました作業は不得手《ふえて》なんだ」

「どういうところが難しいの？」

「材料選びと、その組み合わせ。まあ、あんたみたいに魔眼があれば楽にできるってわけでもないか。魔術道具を作るには、センスが必要なんだ」

魔よけに使われるという木の根を中心に、さまざまな蔦《つた》や木の枝、草花、を組み合わせる。

「しかも、作ったところで、魔術で傷《いた》まないようにはしてるが、せいぜい持って一か月。枯《か》れたり朽《く》ちたり腐ったりしてしまう。いくらでも作らないといけないんだよ」

「森の賢者って、大変なのね……」

「ああ、面倒な役目だ」

「シロは、ずっとここにいるの？　ご家族は？」

「家族はこの世界にはいない」

アイリはハッとして口をつぐむ。アイリ自身、両親はこの世にいないのだ。

「無神経なことを……ごめんなさい」

「おい、勘違《かんちが》いするな。この人間界にはいないってことだぞ」

「にんげんかい？」

「僕の両親は、魔界にいる」

「まかい」

「言っただろ、あの湖は門なんだ。門が開かれれば、その向こうが魔界だ。森の賢者だの森の衛士だの言ってるけど、結局、僕らは門番なんだ。勝手に門を開かれないように番をするのが役目なのだ」

？マークを頭の上に大量に飛ばすアイリに、ため息をついたシロは手を振った。

「面倒だから、理解しなくていい。僕はこっちの人間じゃないってこと。あんたの祖先

──月の聖女も、こっちの人間ではないってことだ」

「初代月の聖女様は、魔界から来た……だったら、初代ルプス国王陛下《へいか》も？　魔界ってところからいらしたの？」

「違う。狼神は、門の魔力の影響で変質した、この森の住民だ」

「？？？」

「だから理解しなくていいって……そもそも、魔術は秘伝。門外不出の決まりだ。ここで話したこと、言いふらしたりするなよ」

「わ、わかったわ」

「命惜《お》しくば、聖域での約束を違《たが》えるな。銀狼王の母親のように呪われてもおかしくない。まあ、森の外で話したところで頭のおかしい女だと思われるのがオチだろうがな」

生えている草木のひとつをとっても命の輝きを放っている。不思議な力に満たされたこの場は、なるほど、吐き出す言葉ひとつにも力が宿ると言われても納得《なっとく》がいく。

アイリはぐるりと室内を見回した。シロの言った通り、腕輪には出来不出来にばらつきがあるようで、放っている輝きがそれぞれ違っている。

菓子作りで発揮していたはずの力が、自分に宿っているならば。

「シロ。この腕輪、私にも作れる？　薬師のみなさんが、腕輪の数が少ないことに困っていたわ。もう少し分けてあげられたら、喜んでくれると思うし」

「……腕輪作りが下手な俺に対してのあてつけか」

「ち、違うよ⁉　ギルハルトが目を覚ますまで、できることがあるならと思って……この腕輪、アルフリード様や騎士《きし》のみなさんにも持たせてあげられたら、黒衣の人たちを捕まえるための探索《たんさく》がもっとやりやすくなると思うし」

王の狩猟《しゅりょう》隊、というていで動かなければならないから、彼らは賢者の森の中ではギルハルトと別行動ができなかったのだ。

奥さんを殺された銀の狼の怒りを鎮めるためにも、犯人を早く捕《と》らえねばならない。

「作りたければ勝手にすればいいが……いくら魔眼持ちだろうが、素人《しろうと》が、そんなにほいほい作れるもんではないぞ」

「お願い。やってみたいの」

シロは、やがて張り巡らされていたロープに干された薬草や、それらを結束するための材料を棚からごそごそかき集めると、作業台に並べていく。

「せいぜいやってみればいい。舐《な》めるなよ、本当に難しいんだから」

「ありがとう、やるだけやってみる！」

「この腕輪が一番出来栄《できば》えがいいから、これを手本に作ってみろ。材料を組む順序だが、強力な魔よけの、このモーリュ、という木の根を中心にだな――」

さっそく始まった腕輪の作成講座に、アイリは集中しようとするが。

「待って、シロ。教えてってお願いしといてなんだけど……そんなに簡単に作り方を教えちゃっても大丈夫《だいじょうぶ》？」

彼は、森の賢者の魔術は秘伝だと言った。

腕輪の作り方を悪党が知れば、悪用する者とているだろう。

なにせ、ここには高価な薬草や、希少な動物の毛皮の宝庫だ。

「かまわん。おまえは口外しないと誓った」

今日初めて、この小屋を訪れたアイリに、こんなに簡単に教えてもらえるのならば。

「さっき、シロは腕輪作りが苦手だって言ったよね？　だったら、別の人に作り方を教えて、上手な人に代わりに作ってもらえばいいと思うんだけど」

「教えたところでできやしない」

「やってみないとわからないじゃない」

「やってみないと？　魔術は秘伝だと言っただろ」

シロはため息をつく。

「ルプス国に魔術を使いたい者が大勢いては困るんだよ。バランスが壊《こわ》れる。それを壊さないためにいるのが森の賢者――門番であり、バランサーの役割だ」

魔術を広めないのは、森の賢者の権威《けんい》・権勢を守るためではない、と彼は言う。

「この森を手中にしようとした、異民族――ラケルタ国にも、魔界と人間界をつなぐ門があった。その門から漏れ出る魔力で、ラケルタ人は魔術を便利に使っていた。生活にも、技術発展にも、戦争にも使っていた。使いすぎた結果、ラケルタ国の門からわずかに漏れ出る魔力では足りなくなった。だから、彼らは門をもっと開こうとした。勝手にな。詳《しょう》細《さい》は割愛《かつあい》するが、結果として――ラケルタ国の門は、魔界側から完全に封《ふう》じられた」

「ラケルタ国にあった門から、魔力が入ってこなくなったから……ラケルタの人は、代わりにルプス国の門を奪おうと、賢者の森を盗《と》ろうとしたってこと？」

「ふん？　ぽけっとしているように見えて、なかなか察しがいいじゃないか、アイリ・ベルンシュタイン。そういうことだ。魔力は有限なんだ。魔眼のない者には、その有限性が理解できない。魔術の有用さにだけ目を向けるのは、たとえばギャンブル狂《ぐる》いに家計を預けるのと同じようなもんだ」

実際、ギャンブルで身を持ち崩《くず》した叔父《おじ》を持つアイリは、なんとも言えない気持ちになる。

「そもそも……魔界と人間界の門って、どうしてあるの？　全部壊してしまったら、解決するんじゃないの？」

「何にでも程度はある。お前の作る菓子に、ほんのひとつまみの塩が入った方がより甘みが増すように、人間界に魔力がほんの少し、混じっている方が適当であることもあるし、魔界には魔力が濃《こ》くなりすぎて悪い場合がある。そんなとき、門を閉じたり開いたり、そうしてバランスを保つのが、バランサーの役割。かつての月の聖女や、森の賢者と呼ばれる僕の仕事だよ」

義務を果たさんとする者には、魔術の薫陶《くんとう》を受ける権利がある。

「あんたは魔力の有限を可視できる。僕らは、見えないものを見えないままに、わからないことをわからないままに濫用《らんよう》するのを禁止しているんだ」

見えない者、わからない者には、資格がない。近づかせることすらしたくはない。

シロの言葉には、嫌悪《けんお》と侮蔑《ぶべつ》がにじんでいた。

「本当は、こんなところになんか来たくなかったんだ……」

「シロは、お仕事でこっちの世界に来なきゃいけなかったってこと？」

「……僕の身内が、この国で愚《おろ》かな真似《まね》を犯《おか》した。僕が森の賢者なんてもんをやっているのは、そのしりぬぐいだ。こんな力の薄《うす》い場所、誰も来たがらないからな」

この白い少年のいちいち不遜《ふそん》な態度は、不服な使命への苛立ちゆえというわけか。しかし、それだけではない、彼は他にも怒りを抱《かか》えているように見えた。

「ほら、腕輪を作るんだろ。まあ、できるとは思わんが」

傲岸《ごうがん》に鼻を鳴らしたシロは、アイリに現物を見せながら、作り方を教えてくれる。

黙《だま》って説明を聞いていたアイリはじっと手本を観察し、そして、材料を見つめる。

材料がひとつひとつ、違う色に淡《あわ》く輝いている。

色を組み合わせていくと、より強く色を発したり、同じくらいの光に合わせた方が、なんとなくいいような気がする。調和する。

「まあ、焦《あせ》らずゆっくりやるがいい」

「できた」

「…………はぇ？」

「これでいいと思うんだけど」

無表情に、しかしシロは絶句していた。

そんな馬鹿な、と言わんばかりの「はぇ？」であったが。

「で、できている……はぁ？　いや、嘘《うそ》だろ、どういうことなんだ？　いかさまだろうっ」

怜悧《れいり》な美少年が無表情で迫《せま》ってくるものだから、迫力《はくりょく》がある。掴《つか》みかからんばかりのシロに対して、アイリは冷《ひ》や汗を流して反論した。

「いかさまって、目の前で見てたでしょ!?」

「完成が早すぎるって言っているんだ。それに、僕が作ったのより断然、出来がいい……」

表情には出ていないが、どうやらショックを受けているらしい。同時に、感心もしているようだ。金色の瞳がアイリの作った腕輪が放つ光を見つめてきらめく。

「材料の配分が絶妙《ぜつみょう》だ……魔力の巡りが美しい。魔術を習ったこともないど素人がこんなのを短時間でできるなんて、絶対におかしいぞ」

「え、ええ。もちろん、偶然《ぐうぜん》だと思う」

「偶然でこんなもんができるかよ！　どこかで習ったことがあるんだろう？　いや、どこかってどこだ。秘伝だぞ」

「だぞって言われても……うーん……私、妹が提出ぎりぎりまで溜《た》めていた家庭教師の課題を、一晩でこなさないといけないことがたびたびあって……先生が教える相手は妹で、私は授業を聞くことができないこともあったから。お手本をよーく観察して、再現するしかないことも多くてね。これも、そのときと同じ要領でやってみたんだけど」

「見よう見まねってことだよな……やはり、おまえは生まれついての才を持ち合わせているんだ」

おののくシロのまなざしに、アイリは「ふーん」と軽くうなずく。そんなことよりも大事なことがあるからだ。

「もっと作っていいかしら？」

森に入らなければならない騎士のみなさんのぶんを早く作ってしまいたい。

「もちろんだ。この腕輪は、ずっと使えるわけではないからな」

魔力の残量が見えないので、効力を失えば、崩れてなくなる設計であるという。

「効力のないものをつけていれば、事故の元だからな」

そういえば、案内の薬師が持っていた腕輪、光をまとっていたけれど、森の中の光に埋《う》もれて淡かった。

今、アイリが作った腕輪は強い光をまとっている。なるほど、作り立てだからか。

そんなことを考えながら動かしていたアイリの手を、突然《とつぜん》、シロが摑んだ。

「アイリ・ベルンシュタイン。あんた——いや、あなたほどの才能ある者は、魔界にも、そういる人材ではない。僕と一緒《いっしょ》に来ないか」

人間を侮蔑するような、冷たい瞳ではなく、シロは真剣《しんけん》なまなざしだ。

「へ……？」

「おまえは役目を果たすことにこだわる性質だろう。だからこそ、その能力が発現したのだ。責任を果たすことのできる者しか、月の聖女になる資格が与《あた》えられないから」

「一緒にって……この森に残らないかって誘《さそ》ってくれているの？」

「いいや、魔界に来い。それがいい。こんなところで才能を持ち腐らせているなんてもったいない」

少年らしからぬ力で、握った手を強引《ごういん》に引き寄せられそうになった、その時である。ぐい、とアイリの反対の手を引き寄せる手が——そのまま奪うように腰《こし》を摑まれたかと思うと、気づけばアイリは寝台の上のギルハルトの腕《うで》の中に納まっていた。

「ギルハルト！　目を覚ましたんですね！」

彼の腕の中で驚き喜ぶアイリを他所《よそ》に、ぎゅう、と彼女の体に回した腕に力を込めた銀狼王は、森の賢者を鋭くにらみつける。

「……俺が眠っている間に、俺の妃を連れ去ろうとはいい度胸ではないか」

「ふん？　狼にじゃれつかれて気を失うマヌケなだけある。人の王とは、恩人に向かっての口の利《き》き方も知らないらしい」

「ここは俺の地で、住まう者はみな俺の民《たみ》。おまえとて例外ではない。膝をつき、名を名乗れ」

「はん。そんな格好《かっこう》でよくも偉《えら》そうに振る舞《ま》えるものだな」

湖に浸《つ》かったギルハルトの服は脱がされて、今は清潔なシーツに身を包んでいる。無論、シロの小屋にあったものだ。

「僕はあんたの民じゃない。ここには役目で来ているだけで、魔界の住人だからな。膝はつかないが、名だけは特別に教えてやろう。心して覚えるがいい。シルウェストリス・ロクス＝アルビテル＝アンブラティオ＝ルーキス・オルトス」

「しるうぇすと……」

耳慣れないのとその長さに困惑するアイリに対して、シロは肩をすくめる。

「本当はもう少し長いが、人間ごときにそこまでは教えられん。さあ、覚えたか？」

もちろん覚えられなかったアイリは、右手を軽く挙げて言う。

「もしかして……シロって呼び名は、ユリアンさんがつけたのかしら」

シルウェストリス・ロクス→シロ？

「ああ。あの男、『シロって呼んでいい？　いいよね、よろしくシロ！』だの、やけに馴《な》れ馴れしく、勝手にあだなをつけやがったんだ」

ユリアンの話題が上がって、ギルハルトのアイリを抱《だ》きしめる手に力がこもる。

「おまえは、ユリアンと言葉を交《か》わしたのか」

「まあね。商談だかで、薬師の村を訪れていたユリアンをひとめ見て、人狼の血を引く男だってのは、すぐにわかった。王都までの案内人が欲しかったから声をかけてみたんだ」

「奴はおまえの正体を知っている？」

「……教えるつもりはなかったけどね」

シロは少し不本意そうだ。人間だけでなく、異界の者の口すら滑《なめ》らかにしてしまうユリアン・イエルクのコミュニケーション能力、おそるべし。

「ユリアンの手引きで、おまえは月の聖女たるアイリの元へやってきて——つまり、ユリアンと共謀《きょうぼう》しているということだろう。目的はなんだ」

「僕には役割があるだけだ」

「役割？　アイリを奪おうというのがか」

表情筋の動かない少年の目だけが笑う。

「森の賢者たる僕の役割は、あっちとこっちのバランスを保つこと。盗賊《とうぞく》みたいな真似はしない。ただ、ルプス王に愛想《あいそ》がつきたなら、アイリにとってそれもいいと思っただけだ」

「バランスを保つ、というのは……俺を殺すことも含まれているのか」

アイリはハッとしてギルハルトを振り向く。

エーファが言っていた、王を殺す《調停者》という存在――。

「たとえば、俺が人狼の血に呑《の》まれ、王として機能しなくなったら？　おかしいと思っていた。王ではない人狼の血を引く者が、王に弓引けば、《猟犬《りょうけん》》がけしかけられるというのに、その王が国を乱せばそれを粛正《しゅくせい》する者がいないというのは」

「分《ぶ》をわきまえているじゃないか、銀狼王」

「人狼を殺す毒は、森の賢者から受け取っているとサイラスが言っていたからな。つまり、俺を殺すことも範疇《はんちゅう》だということだ」

「ま、待って！　えっと……王陛下が暴君になっちゃったら、つまり、人狼を殺す毒で、殺しに来るのは、まさか」

「ああ、その《調停者》は僕だ」

シロの肯定《こうてい》に、ギルハルトは笑った。くくく、と愉快《ゆかい》そうに。

「なるほどな……ユリアンの野郎《やろう》が連れてくるわけだ。この俺への、嫌《いや》がらせの最たるものをよこしてきやがったというわけだ！」

《猟犬》の存在は公《おおやけ》にはされない。面が割れれば暗殺がしにくくなるからだ。

しかし、そのカウンターたる存在のシロはあっさりと正体を明かした。

「正体が知れたくらいで、この僕が人間ごときに後《おく》れを取るわけがないからな」

傲慢に言ってのける。

「それとも、今、ここで僕を殺しておくか？　やってみろよ、人の王。バランサーを失って困るのは、貴様ら人間の方だぞ」

ギルハルトもまた、傲慢に言い放つ。

「おまえを殺す必要なんてどこにもない。俺が人狼の血に狂うことは、アイリがいる限り、絶対にないからな。ただし、アイリを奪おうというのならば、話は別だが」

「人間の王サマってのは、バランサーを失って損失をこうむるのは自分たちだとわからないのかな。資質に欠くぞ」

「そんなもの知ったことか。愛する妻を奪おうという男を見過ごす夫が、どこにいる」

火花が散るかと錯覚《さっかく》するほど、にらみあう両者。

険悪な雰囲気《ふんいき》に、アイリは慌てて口を挟む。

「ギルハルト、落ち着いて。私は、シロとは一緒には行きませんから。それよりも、お体は、大丈夫ですか？」

「ああ。おまえが手当てをしてくれたからな。目が開かず、起き上がれもしなかったが、意識はあったんだ。だから、おまえたちの話は途中《とちゅう》からは聞いていた」

ギルハルトは腕の中にいるアイリのこめかみに口づける。

「ありがとう、アイリ。シルウェストリス・ロクス＝アルビテル＝アンブラティオ＝ルーキス・オルトス。おまえにも一応礼を言おう」

じゅげむな名前をよどみなく呼ばれて、シロはわずかに目をすがめた。

「一応は余計だし、なんか腹立つから『シロ』でいい」

「ならばシロ。俺は、俺の近侍長から、おまえを森に捨てて来いと言われている」

「へえ、あいつが」

「おまえは、サイラスとなんらかの因縁《いんねん》があるのか」

「あいつは《猟犬》の飼い主だ。毒も渡《わた》してやらねばならないし、関係なくはない」

「それだけではないだろう」

「……何が言いたい」

「あいつは、大貴族の私生児だ。サイラスが《森の賢者》――つまり、おまえから狼を殺す毒を受け取ったりと関わりがあるように、サイラスの父親もまた、《森の賢者》と関わりがあった。サイラスの子どもの頃《ころ》のあだなは『無表情魔人』だったそうだが……奴の出生には噂《うわさ》がある。母親が魔女《まじょ》ではないか、と」

「…………」

「おまえの前に森の賢者を務めていたのは、おまえの母親ではないのか？　おまえの言う『許されざること』をしたのは、おまえの母親であり——サイラスの母親ではないのか。サイラスはフクロウに警戒《けいかい》するようにと、俺に警告した。《森の賢者》たるおまえが王を殺す者だからだと思っていたが……あいつが真《しん》に懸念《けねん》していたのは、月の聖女として資質を持つ、アイリを連れ去られることではないか」

ギルハルトの言葉に、ひとことも返そうとしないシロは無表情の顔が、ますます人形のようになる。さっと身をひるがえすと、小屋の外に出て行ってしまった。

「シロ……！」

「放っておけ。役目だ役目だ言いながら、あいつの内からは、不満と憎しみの匂《にお》いが漏れ出ている。《森の賢者》が聞いて呆れる。あれは子どもだ」

「子どもであれば、ますます放っておけません」

「頭を冷やす時間をやれって言ってるんだ」

「……、わかりました……」

ギルハルトに腰を抱かれた格好だったアイリは、ようやく解放された。

振り向けば、ギルハルトは寝台の上、引き締まった裸《はだか》の体にシーツ一枚を巻き付け胡坐《あぐら》をかき、面杖《つらづえ》をついている。王宮では決して見られないだらしのない格好であるが、そのアンニュイな姿すら絵になるのだからなんとも罪深い男《ひと》だ。

実は治療《ちりょう》のとき、彼の生まれたままの姿を見ているアイリだが、あのときは、彼を助けなければと必死だった。今更ながら、ドキドキしながら目を逸《そ》らせる。

ギルハルトとシロの険悪さを少しでも緩和《かんわ》させておこうと、アイリは言った。

「子ども、とおっしゃいますが……シロって、本当にすごい子なんです。ほら、見てください、この腕輪。森の衛士に襲われないためのアイテムなんですが、魔よけの効果もあるそうですよ。シロに教えてもらって私も作ってみたんです」

「これをおまえが？　すごいじゃないか」

「シロに合格をもらえたので、効果はあるはずです」

アイリはギルハルトの腕をとると、その腕輪をつけた。ギルハルトを護りたいという願いを込めて作ったものだ。

「ずっと昔、森の狼と心を通わせるために月の聖女が編み出したものなんだそうです。これでこちらの気持ちが伝わって、奥さんを密猟《みつりょう》者に奪われた、銀の狼の旦那《だんな》さんにも襲いかかられなくなるといいんですが……」

腕につけられたそれに視線を落としながら、ギルハルトはしみじみと言った。

「俺の妃は、やろうと思えば、本当になんでもできてしまうのだな。そうだな……以前約束していた、俺への贈《おく》り物は、この腕輪ということにしてもらおうか」

「え……？　それは、そんなつもりで作ったものでは……王都に帰ったら、お金を払《はら》ってギルハルトにふさわしいアクセサリーをプレゼントしますから」

「いいや、これがいい。おまえが、俺を想って作ってくれたのだ。百万の宝石に値《あたい》する。いや、代わりになるものなど何もないな。ありがとう、アイリ。いつまでも大切にする」

　ギルハルトの手がアイリの頬に伸《の》びて、感謝を示すように愛情深く撫でた。そのてのひらの温かさに、緊張《きんちょう》がほどける。抑えていた感情があふれ、目尻《めじり》がじわりと熱くなる。

「ギルハルト……無事でよかった……」

「俺は、おまえに危険が及《およ》ばなくてよかったと思っている」

「あなたが守ってくださったから」

　自然に互《たが》いに顔を寄せると、ふたりはおだやかに口づける。

　ギルハルトの裸の胸が目に入って、鍛《きた》え上げられたたくましさに、嫌でも昨日の夜の情熱的な彼のさまを思い出しそうになり、勝手に顔が熱くなる。

　——今はっ、そんなことを考えている場合じゃないのにっ。

　さっと彼の肌から視線を引きはがすと、アイリは言った。

「と、ところで、ギルハルト？　シロが言うには、湖の力に当てられて、意識を失っていたそうですが、何か体調に異変や影響ありませんか？」

「体は、だいぶ安定したように思う。ずっとざわついていた腹の内が静かになったというか……。どうも、おまえに引っ付いていなくても、オオカミ耳が出なくなったようなんだ」

「本当ですか？　それはよかったです」

ギルハルトは自分に狼の耳が生えるのを、断固として臣下に秘密にしたがっていた。喜ばしいはずなのに、しかし、ギルハルトはしゅんとしている。

「よかった、か。俺は……おまえに引っ付いている口実がなくなって……それが寂《さび》しい、と言えば、おまえは俺を情けない男だと思うだろうか？」

本当に寂しそうに視線を伏せるギルハルト。その様は、きゅーん、と甘える犬のよう。

そのかわいさに思わずアイリは、ギルハルトのオオカミ耳の出ていない頭を撫ぜていた。

すると、温泉にでも浸かったかのようなギルハルトの幸福そうな吐息《といき》が耳をくすぐる。

やがて、彼の手がアイリの背をぽんぽんと叩いた。満足した、というように。

「うん。やはり、アイリに撫でられる以上に気合の入るものはないな。もうすっかり回復した。薬師の村に戻ろうか」

顔を上げた彼の顔は、かわいらしいわんこから、厳しい銀狼王の表情に戻っていた。

アイリとギルハルトが白馬に乗って薬師の村に戻ると、銀狼騎士たちが集まっていた。

「陛下！　ご無事で」

「ああ、みな、ごくろうだったな。アルフリードは」

アルフリードが、薬師の村の治療院から出てくる。

捕らえた黒衣の男たちを尋問《じんもん》した結果、彼らは、ラケルタ国とつながっていたことがわかった。彼らはなぜ、執拗《しつよう》に月の聖女を捕らえようとしていたか？

「『門を開くために、月の聖女が必要だから』？　だそうで。彼らは、何を言っているのか……アイリ様、門、とは何であるかご存じですか？」

門――それは、賢者の森と異界とがつながっている湖のことであるとシロが教えてくれたが……。何しろ秘伝であるので、アルフリードに対して失礼だとは思ったが、アイリは否《いな》と答えた。

ギルハルトと目顔を交わし合う。

――私、『門を開く』なんてできませんよ……？

――ああ。ラケルタ人は、初代の月の聖女ができたから、おまえにもできると思っているんだろう。

だとすれば、これまでに黒衣の連中がアイリを狙《ねら》い続けていた理由が判明する。ラケルタ国の魔術師は、アイリに門を開けさせて人間界に魔力を取り入れたがっているのだ。

すなわち、黒衣の男どもは、ルプス国王の領地を他国に差し出すために動いていた、ということに他ならず。

「……黒衣の連中は、よほど王家を恨んでいるってことだ」

「ギルハルト……」

母のしでかした悪行に心を痛めるギルハルトの腕に触れると、彼は大丈夫だ、というようにアイリの手に触れてから表情を改め、異母兄に言った。

「アルフリード。あれから、森の周囲を張っている貴殿《きでん》の騎士たちが狼藉者《ろうぜきもの》を捕縛《ほばく》したという報告はあるだろうか」

「いいえ。動いた様子はなく――まだ森の奥に潜《ひそ》んでいると思われます」

「アイリのイノシシで懲《こ》りただろうに、奴らはどうしてまだ逃げないと思う」

「森の周囲に警戒線が張られていることに気づいているのでしょう。自慢《じまん》ではありませんが、我ら国境騎士団は、侵入者の監視《かんし》、警備に長《た》けています。簡単には逃《のが》しません」

と、その時、森から鋭いオオカミの遠吠《とおぼ》えが聞こえてきた。

ギルハルトが厳しい顔で森の方向を仰《あお》ぐ。

「あの遠吠えは、妻を奪われた狼のものだ」

そして、集っていた騎士たちに向かって言った。

「密猟者どもは、人狼の血を引く者――つまり、俺や、アルフリードには脅威《きょうい》となる毒を持っている。が、おまえたち騎士にはそこまで脅威ではないはずだ。連中は暗殺術の訓練を受けているというが、恐れず対峙してほしい。密猟犯の捕縛の網《あみ》は、国境騎士に引き続き任せつつ、銀狼騎士団からも人員を向かわせて、網を分厚くしよう。ひとりたりとも逃すな」

「はっ！」

騎士たちは了解《りょうかい》の声を上げ、アイリが彼らに言った。

「森に入るみなさんには、この腕輪を。薬師の方がつけるものと同じ性能です。森の衛士の狼は、森を害する人間を排除《はいじょ》するのが役目。これをつけていれば遭遇《そうぐう》しても襲われないはずですが、彼らに敵意を向けないように気を付けてください」

アイリが手ずから配るそれを、騎士たちは、かしこまって受け取った。

ギルハルトが言う。

「俺は、銀の狼に会いに行く。密猟者の捕縛には、彼らの助けも必要だ。もしも狼たちが人間を憎むものとそうでないものとが分断されているならば、俺が取りまとめればいい。この森は、俺の領地だ。それを狼たちも理解しているようだったからな」

その時である。ふわりと白いフクロウが、アイリの元に舞い降《お》りてきた。

「銀狼王よ、狼を取りまとめる、と言ったか？　おまえには不可能だ。それとも、獣らしく彼らを暴力で制圧しようというのか？」

嘲笑《あざわら》うような少年の声に、ギルハルトはひるまない。

「戦《いくさ》で勝つよりも、戦を回避《かいひ》するための外交の方が肝要《かんよう》だ。なんとでもしてみせる」

「あの怒れる狼は、人間につがいを殺されているんだぞ？　他の狼たちとて眷属を何匹か失っていて、憤《いきどお》っている。人間の王を相手に、『はいそうですか』と納得するとでも本気で考えているのか？」

「怒っていた銀の狼は妻の毛皮をラケルタ国に売られようとしている。それだけはなんとしてでも避《さ》けてみせる。最悪の事態を防ぐためにも、狼どもの助力を」

その時である。

「ま、待ってください、ギルハルト……！」

アイリが声を上げた。

「そうだ、狼の奥さん……そうなんだ、あの黒衣の人たちに捕まっていて……」

何かに閃《ひらめ》いたアイリが、みるみる顔色を青ざめさせる。

「早く……今すぐに、黒衣の男たちを探し出して、捕まえないと……！」

「どうしたんだ、アイリ」

「銀狼の奥さんは、死んでいないと思います！」

「なんだと？　どうしてそう思うんだ」

驚いた顔のギルハルトに、アイリは証言する。

「黒衣の男たちが、私たちを襲ってきましたよね」

「ああ。おまえがイノシシをけしかけてくれたおかげで、事なきを得た」

「そのときに、私、銀色の光を見たと言いましたよね、ギルハルトや、銀の狼たちから立ちのぼっているのと同じ光の色で……あれ、きっと狼の奥さんだったんです！　黒衣の男たちに、狩《か》られたという奥さんは弱ってはいるかもしれませんが……生きています！」

　そもそも、黒衣の男たちの持っていた毒薬はかつてギルハルトを一時的に弱らせはしたが、死には至らしめなかった。それどころか、ほんの数日で回復していたではないか。あれから改良がされていたとしても、それでも。

「シロ。あの薬は、森の賢者――いいえ、魔界の魔術師が作る特製なんでしょう？　簡単に再現できると思う？」

「いいや、できるはずがない。おまえだってわかっただろう。魔眼がどうして必要か。ふさわしい材料の選べぬ人間ごときに作れるものか」

「銀の狼は、生きている……ああ、そうか、そうだな。狼神の頑健《がんけん》さを舐めるなってことだ！」

　ギルハルトの瞳には、誇《ほこ》り高いものがある。

　アイリはおや、と思う。それは、以前までのギルハルトならば、犬っころはしぶといんだ、みたいに自虐《じぎゃく》のひとつでも飛ばしていた場面だったのだが。ともかく、ギルハルトのその表情にいい兆《きざ》しを見出《みいだ》したアイリは、表情を引き締めて言った。

「銀の狼の奥さんは、おそらく毒で弱っていて、動けない。急ぐ必要があるんです！」

「ああ。絶対に取り戻す必要がある。何が何でも、異国に売ってはいけない。神の眷属を辱《はずかし》めれば、取り返しがつかないことになるだろう。アルフリード」

「はい」

「貴殿には、俺と一緒に森の最深部に来てほしい。黒衣の連中を捕らえるのは、俺たちの騎士に任せよう。たとえ死に至らしめるまではいかなくても、俺たちが、人狼を殺す毒を持つ連中に迫るのは得策ではないからな。ふたりで銀の狼への助力を仰ぐ交渉《こうしょう》に行こう」

最深部には、怒り狂った銀の狼がいる。ギルハルトに向かってきた狼の夫の殺気は本物だった。いにしえの約束ひとつも保てない無能の人の王を誅《ちゅう》さんと。森の衛士は二分して、このままでは身内同士で争いが起こるだろう。

密猟者を追って殺し、そして怒れる狼は、妻を失ったことへの行き場のない憎しみを人間に向かってぶつけることだろう。

オオカミのつがいの絆《きずな》は強固なのだ。

ギルハルトは言った。

「わかるのだ。妻を殺されたら——この俺も、どうなるかわからない。だから、銀の狼を説得できるとしたら、狼神の血を引く、俺たちふたりだけだろう」

「私も行きます」

アイリの申し出に、しかしギルハルトは首を横に振った。

「いや、おまえに何かがあったら困る」

騎士たちも、王の言葉にうなずき同意した。

「ええ。アイリ様に何かあれば、陛下がどうなってしまうかわかりません。ですから、どうかこの場は待機を」

「わかりました」

何事か思案するように黙って話を聞いていたアルフリードに、ギルハルトは意思を問う。

「一時的に、俺の騎士になってくれるか、アルフリード」

国境の騎士団長は、膝をついて誓いを立てる。

「我が剣を捧《ささ》げます」

ざわつく騎士の中のひとりが、声を上げた。

「陛下、本当に、アルフリード殿《どの》と、おふたりで行動なさるおつもりで……？」

殺し合いをしたことがある母の違う兄弟が、ふたりだけで物騒《ぶっそう》な場所に赴《おもむ》くというのだ。

ユリアンの抱えるギルハルトに対するわだかまりを知るアイリは、こくりと息を飲み、
そしてアルフリードの前に出た。

「ご武運を。どうか、陛下をお守りください」

アイリは魔よけの腕輪を差し出し、渡す。

「ありがとうございます」

腕輪を大切そうに受け取ったアルフリードは、小さく苦笑《くしょう》する。

「必ずや。と申し上げたいところですが、陛下の方が私よりもお強いです」

しかし、アイリはその笑みには応えない。真剣に繰《く》り返す。

「どうか、彼をお守りください」

藍色《あいいろ》のひたむきな瞳に見つめられ、アルフリードはやがて笑みを収めた顔をうなずかせた。

「御意に」

ギルハルトがシロに向かって問うた。

「おい、フクロウ。アイリがラケルタ人に狙われているんだ。森の賢者であるおまえも、連中に狙われているのか？」

「ラケルタ人は、ルプス人よりも魔術というものを知っている。知っているだけに、そんな身の程《ほど》を知らないことをするとは思えない」

「ならばいい。アイリを頼《たの》んだ」

――5．さまざまな因縁、それぞれの決着

　ギルハルトはアルフリードと共に、賢者《けんじゃ》の森最深部へ向かう。

　湖のほとり、銀色の狼《おおかみ》とその眷属《けんぞく》がいた神域まで。

　近衛《このえ》の騎士《きし》たちは、最後までついてくると追いすがったが、ギルハルトは断った。

　気持ちはありがたいが、正直なところ足手まといだと思ったからだ。

　アイリがイノシシを使役《しえき》したおかげで事なきを得た、黒衣《こくい》の男たちによる襲撃《しゅうげき》であったが、あのとき、自分とアルフリードだけならば、なんとでも切り抜《ぬ》けられていただろう。

　毒矢で狙《ねら》われていようが、刃《は》に毒《どく》が塗《ぬ》られていようがだ。守るべきものが多かったので、動きが制限されていた。もしも自分が王でなければ、義務や責任なんてものがなく、心のままに戦うことができたなら――。

　宮廷《きゅうてい》にいるよりも、この身に巡《めぐ》る人狼《じんろう》の血がにぎやかしいのは、ここがルーツであるからか。しかし、湖に浸《つ》かってからというもの、心が乱されることはない。

「アルフリード。俺は、銀の狼の一匹に、襲《おそ》いかかられた。怒《いか》り狂《くる》ったあの銀狼《ぎんろう》は、俺に

憎《にく》しみをぶつけてきたんだ」

人間を見たら殺すと言っていた。

「放っておけば、密猟者《みつりょう》を探す任を持つ騎士たちをも殺しかねない。それどころか」

「この森を出て、人間たちを襲いかねないと？」

「ああ。銀の狼は、ルプスの象徴《しょうちょう》だ。絶対にそんなことをさせてはいけない」

銀の狼が人間と敵対すれば、駆除《くじょ》の対象となり、この聖地は聖地ではなくなってしまう。

ルプス国の根幹を覆《くつがえ》す事態へと発展すれば。

「銀狼陛下――あなたの玉座《ぎょくざ》が揺《ゆ》らぎかねない」

「そういうことだ。付き合わせてすまないが、貴殿《きでん》にしか頼《たよ》れない局面だと判断した」

「光栄に存じます」

「アルフリード。この森では、とりつくろうことは無意味だ」

「……。どういうことでしょう」

人狼は鼻が利《き》く。嘘《うそ》は匂《にお》いでわかるのだ。

昔からそうだった。

母が愛だと言いながら自分を打ったときとて、それが欺瞞《ぎまん》であるとギルハルトにはわかっていた。彼女は愛情に飢《う》え、おのれの利にしか興味のないひとだった。

隣《となり》を歩くこの異母兄は、そうではない。他者に愛情を与《あた》え、それを惜《お》しみなく注ぐことができるひとだ。だからこそ、単純には行かないことの方が多いのかもしれないが。

「お互《たが》いに、面倒《めんどう》が多いな、アルフリード」

「ご存じだと思いますが、私は粗忽《そこつ》な男です。何を命じられたところで、宮廷のお歴々のように器用には振《ふ》る舞《ま》えません」

「俺はその宮廷の腹芸は、腹いっぱいだ」

ギルハルトは、まっすぐに行く先を見据《みす》えて言った。

アルフリードは思案顔をし、慎重《しんちょう》に答える。

「恥《は》ずかしながら、私は交渉《こうしょう》が不得手《ふえて》でして弟に任せております。おそれながら、陛下《へいか》が何をおっしゃりたいのかがわかりかねるのです。何か心配事が？」

ユリアンがアイリに恥《はじ》をかかせようとしたことについて許す気はないが、問題視はしていない。口で皮肉を言うほどにユリアンの振る舞いからは悪意の匂いがしないからだ。

問題は、背後を歩く――。

「アルフリード。貴殿の、もうひとりの弟は息災《そくさい》だろうか」

ギルハルトの問いに、小さく息を飲む気配がする。

騎士団を預かる男の表情に変化はない。人狼の聴覚《ちょうかく》を持っていなければ、気づかなかっただろう。

「起きていたり、病床《びょうしょう》に戻《もど》ったりの繰り返しです。医師の話では、いつなんどき病状が変わるかわからない。覚悟《かくご》はしておくようにと」

「……そうか」

激情に任せて暗殺者を放った母。それが引き起こした遺恨《いこん》が、今ここに残っている。

妻を奪《うば》われた銀の狼から漂《ただよ》ったのと同じ匂いがしている。

憎しみの匂いが、うしろを歩く異母兄から。


薬師《くすし》の村の宿泊施設《しゅくはくしせつ》、客室で待機するアイリは居ても立ってても居られない気分だった。

『アイリを頼《たの》んだぞ』とシロに言い残し、アルフリードと共に聖域へ向かったギルハルト。王として、この地の管理を怠《おこた》ったけじめをつける、と彼は言っていた。

「私にも、何かできることはないかしら」

こうやってじっと待っているだけなんて、できそうにない。すると、アイリの座る隣、椅子《いす》の背を止まり木にしたフクロウ姿のシロが答えた。

「あるぞ。おまえたちは、森の衛士の奪われた妻を探しているんだろう？　僕がみつけてやってもいい」

「え……そんなことできたの⁉　だったらなんで、もっと早く探してくれないの⁉」

アイリがいきりたてば、シロはうざったそうに丸い目を半眼にする。

「逆に聞くが、なんで僕がそんなことしてやらなきゃならないんだ？　人間ごときに捕《つか》まった自分のぽんこつを、僕のせいにされても困る」

「ぽんこつって……あなた、この森の平穏《へいおん》を護《まも》ることがお仕事なんでしょ」

「それは銀の狼の仕事で、この僕は魔界《まかい》の益のために働くのが仕事だ。ひるがえって、不利益を潰《つぶ》すのが使命だということだ」

「何を言っているのかわからない。銀の狼たちが反乱を起こせば、この森はめちゃくちゃになるかもしれないって言ったのは、シロじゃない」

「それはこの地の持ち主の――銀狼王のせいだろう。僕にせいにするなよ」

「…………っ！」

「何を怒《おこ》っているんだ、何かを得るには対価が必要なのは当然だろう。そこで、だ。取引しようじゃないか、アイリ・ベルンシュタイン」

「……取引？」

「俺と一緒《いっしょ》に魔界に来い。そうすれば、銀の狼の妻をみつけてやってもいい」

「どうして、そこまで私にこだわるの」

「おまえならば、僕の花嫁《はなよめ》にしてやってもいいと思ったからだよ」

傲慢《ごうまん》に言い切られ、アイリは驚《おどろ》きすぎてぽかんとする。

人間の姿をしていたシロは、アイリよりも三、四歳は年下に見えた。そんな子どもからの求婚《きゅうこん》である。冗談《じょうだん》を言っているのかと思いきや、彼は話を続ける。

「僕の故郷では、母が馬鹿にされている。そのせいで僕まで馬鹿にされるのには、もう耐《た》えられない。故郷の連中を見返してやりたいと常々思っていた」

「お母さんが？　シロのお母さんは、ルプスの貴族と恋《こい》に落ちて……」

魔女《まじょ》の母を持つというサイラス。不義の子を産んだ彼女は、それを理由に故郷で不遇《ふぐう》な目に遭《あ》っているということか？

「それでいて、母は、この国に残してきた子のことばかりを口にする」

「それって……サイラスさんのこと？」

「さてな。僕の母は、魔界で無理に婚姻《こんいん》させられ僕を産んでからというものすっかり呆《ほう》けてしまったんだよ。しゃべるのは、繰り言のようにルプス国での思い出ばかりだ。きっと僕を産みたくなんかなかったんだろう」

無感動に語るシロ。

アイリは悟《さと》る。

――シロは、報復がしたいんだ。

だから、不義の象徴であり、母の愛を一心に向けられるサイラスに対して――兄に対して、この子は辛辣《しんらつ》だったのだ。

誰《だれ》かのせいにしないと耐えられなかったのだろう。それくらいに屈辱《くつじょく》的でいて、寂《さび》しい目に遭ってきたのだろう。

アイリは、止まり木からフクロウを抱《だ》き上げると、愛情深くその背を撫《な》でた。

「おい、なんだ、なんでそんなふうに触《さわ》るんだ。僕を馬鹿にしているのか」

「あなたは、私を報復の道具にしようとしているのね」

「…………」

「きっとシロのお母様は、そんなふうに扱《あつか》われるのが嫌《いや》だったんだと思う。だから、そんなふうに扱おうとしないサイラスさんのお父様が好きになったのかもしれない」

愛情を、きっと彼女は求めていた。

「……愚《おろ》かだ」

ほとんど愕然《がくぜん》としてシロは言う。

アイリは首を横に振り、フクロウを抱きしめる。

役目に生きねばならないと思い込んでいたアイリを虚《むな》しさや孤独《こどく》から救ってくれたのは、シロが『愚か』というものだ。何にも代えられないものを、ギルハルトは与えてくれた。

何に代えても、あの人を護るのだ。

決意を強めるたびに心は鎮《しず》まり、森が呼応するようにざわめき、アイリを呼んでいるようだった。アイリは立ち上がり、シロを止まり木に戻した。

「シロ。私、あなたとは一緒に行かない」

自分に、月の聖女として賢者の森を護る力があるというのなら——この森を失うと困る動物がたくさんいる。彼らに協力を仰《あお》げるはず。

アイリは診療所《しんりょうじょ》を出ると、そのまま騎士たちの制止を振り切り、白馬に乗って走り出した。村を出て、森へと入り、動物たちを呼ばわる。

「賢者の森に住まうすべてのものたち！　この森を平定する意思があるならば、力を貸してほしい！」

真摯《しんし》な叫《さけ》びに、しかし応える声はなく、森はしんと静かだった。

それでもアイリは呼びかける。

「誰か！　狼の奥さんがどこにいるかを知っている子はいないかしら⁉」

森の中に入ったときに、異常を悟り、成り行きに耳をそばだてる獣《けもの》の気配がしていた。

彼らはアイリの呼びかけを聞いている。

【森の衛士たちが、分断している。どうすればいいのかわからない】

【森を脅《おびや》かされるのは嫌だけど、それでも、平定は我らの役割ではない】

【森を少し焼かれた、これ以上焼かれたくない。炎《ほのお》は怖《こわ》い】

迷いが、恐怖《きょうふ》が、伝わってくる。

彼らの意思はばらばらで、まとまりのないものだった。ならば——。

アイリはあらん限りの声を張り上げた。

「森の平和を護るのに協力してくれた子は、月の聖女である、このアイリ・ベルンシュタインが、いーっぱいなでなでしてあげるから――！」

とたん、森全体がどっと揺れるように、動物たちが大騒《おおさわ》ぎを始めた。

それは、歓喜《かんき》だった。

知ってる、知ってる、とばかりに鳴き声を上げ、四肢《しし》を地に打ち鳴らし、その場を走り回り、羽ばたき、遠吠《とおぼ》えし、飛び跳《は》ね、歯を打ち鳴らし――。

――案内をお願い……！

そう叫ぼうとしたアイリは先導する彼らに続こうとして、思い直し、シラユキの馬首を巡らせた。

「みんな、ちょっとだけ待ってて！　その前に寄らないといけないところがあるの！」

ギルハルトは神域に向けて、ひたすらに足を動かしていた。

森は奇妙《きみょう》に静まり返り、風にざわざわと木々が揺れる音がするばかり。注意深く歩いていると、うしろを歩く人狼の血を引く異母兄が言った。

「こうしてふたりで行動するのは、五年前、あなたが国境に視察にいらして以来ですね」

「ああ、そうだな」

ふと、ギルハルトはこの男は、どの程度、人狼の血の影響《えいきょう》を受けているのだろうかと気になった。

「アルフリード。先ほど狼の遠吠えがしていたが、貴殿には、彼らが何を考えているのか伝わってきただろうか」

「いいえ。陛下には、おわかりになるのですか」

「……まあな」

「どうされました、浮《う》かないお声をしておいでですが」

「いや……俺は、とうとう頭の中まで犬っころになっちまったのか、と」

思わずアイリやサイラスを相手にするように、自虐《じぎゃく》をこぼしてしまったギルハルトである。すると、アルフリードが言った。

「そのようにおっしゃられるな。あなたは誇《ほこ》り高き狼神《ろうしん》の末裔《まつえい》です」

毅然《きぜん》とした声にハッとする。人狼の血を貶《おとし》めるのは、この長兄《ちょうけい》をも貶めるということに気が付いて。

「その通りだな。悪かった」

「いいえ。おそれながら、陛下がそのようにご自分を卑下《ひげ》なさるのは……あなた様のご母《ぼ》堂《どう》から、いろいろと言われたからなのですか」

「……なんだと？」

──どうしてそれを知っている？

言葉にできず振り返った視線で問えば、アルフリードが気まずげに視線を外して言った。

「先の王陛下が──我らの父上が、案じておられましたから」

「？　待ってくれ、先王は」

──俺の母のやったことを知っていた、のか……？

ギルハルトが覚えている限り、妃《きさき》からの息子《むすこ》への仕打ちを案じる言葉を先王の口から聞いたことはない。ただの一度たりともだ。だから、あの男は感知すらしていなかったのだと思っていたが。

「すべて、ご存じでした。ご存じのうえで、『ギルハルトの力になってやってほしい』と、私に向かって望まれました」

それを初めて知ったギルハルトが、まず胸に抱いた直截《ちょくせつ》な感想は──。

──あんの、借金こさえまくったクソ王が……！　自分だけ、別の女のとこに逃《に》げやがった挙句に、その女に産ませた息子に『力になってやれ』だぁ⁉　どれだけ無神経なんだ、あのどクズっ！

であった。もちろん口に出すことはない。ちなみに、内心だけで吐《は》く暴言が品のない悪態なのは学生時代に庶民《しょみん》の生活を垣間見《かいまみ》た影響である。

ともあれ、父の遺《のこ》した優《やさ》しさだか思いやりだか知らないが、当然、まったく、ほんの少しも、毛の先ほどの感動もできないギルハルトは、乾《かわ》いた笑いを漏《も》らした。

嫌悪《けんお》すら抱いていた。つくづく信じられない。

――よりにもよって、先の王妃《おうひ》に苦しめられたおまえの側室の息子に、その先の王妃の息子の面倒を押し付けるとは……。

侮蔑《ぶべつ》が渦巻《うずま》く腹のうち、感情を収めきることができず、つい眉《まゆ》をひそめるギルハルトに対し、しかし別のことを思ったのだろう、アルフリードが言う。

「先王陛下は、我々兄弟に心を配ってくださっていました」

一瞬《いっしゅん》、迷うような間の後、アルフリードは言う。

「この先、あなたとふたりきりで腹を割って話ができる機会は、そうはないでしょう。ですから、どうか、ここだけの話になさってください。そしてこれきり、二度といたしませんので、どうかご容赦《ようしゃ》を。先の王がお隠《かく》れになった今だから、お話しします。先王陛下は、おそらく……あなたに嫉妬《しっと》をしていらした」

「…………」

「代々、ルプス国の王は、人狼の血の発現が強い者ほど尊ばれ、敬われると言われています。しかし、先王陛下には、歴代王の誰にもないくらい、人狼の特性が見られなかった」

――どうしたものか……。

クズの父親がどんな悩《なや》みを抱《かか》えていようが、行動がクズすぎて、なんの感情も抱けないギルハルトである。憐《あわ》れみすら湧《わ》かなかった。

しばし悩んで、ギルハルトは口を開いた。

「あー……先ほど、アルフリードは、俺に、人狼の血を誇れと言ったな」

「はい」

「……知っているとは思うが、俺は、つい最近まで、人狼の血の発現に苦しんでいた。理性をむしばみ、衝動《しょうどう》を抑《おさ》えるのも限界まで来ていたときに、アイリが現れた。俺は、彼女に救われたんだ。人狼の血のせいではなく、あれだけ感情をかき乱されていたのは、おそらく、俺に迷いがあったからだろう。俺の母は、俺を獣の子だと蔑《さげす》んでいた。それでいて、王太子として威厳《いげん》を保てと命じた。だから俺は、その矛盾《むじゅん》に、ずいぶん悩み苦しんだ。臣下の前ではそんな悩みを明かすわけにも、悟らせることすらできはしない。この葛《かっ》藤《とう》こそが、俺をいわゆる暴君状態にしていたのだろうと、思う」

「……はい」

「初めて本心を明かせる相手ができたんだ。人狼の血を引く自分を肯定《こうてい》し、認めることができたんだ。その相手である、アイリにとっては迷惑《めいわく》な話かもしれんが、俺はそれで本当に救われたんだよ。だから、貴殿が先王に託《たく》されたことを、気に病《や》む必要はないのだ」

「差し出がましいことを申し上げました」

「いや……貴殿の気持ちはありがたい。ここだけの話、だったな。ならば、俺からも聞かせてくれないか、アルフリード。貴殿には、貴殿を救う相手はいるだろうか」

一瞬、驚いたように目を丸くしたアルフリードが、おだやかにうなずいた。

「ええ。弟たちが。恥ずかしながら、彼らには甘えっぱなしです」

「本当に？　貴殿は修業《しゅぎょう》時代、王都に置いてきた母君と、その弟たちに、負い目を感じているんじゃないのか」

「苦労をかけたと、申し訳ないことをしたとは、思っています」

「長男として」

「ええ。もちろんです」

「アイリも、同じようなことを言っていた。長女だから、と。まあ、俺は臣下に恵《めぐ》まれているとはいえ、身内に関しては、ずっとよるべのない身でいたから、貴殿やアイリの心理はわからないかもしれないが……貴殿のような兄がいればいいとは、ずっと思っていた。そういう意味では、ユリアンをうらやましく思っている」

「それは……光栄に、存じます」

言葉を返すアルフリードの口調にさぐるような戸惑《とまど》いが交じる。何が言いたいのか、と。

ギルハルトは、言う。

「貴殿が、父からよろしくと言われたように、貴殿は、俺にも頼ってくれればいい。兄弟だから、と今更言うつもりもないし、そう思ってくれなくてもいい。ただ俺は、もう十分に貴殿の助けを得ている。貴殿のおかげで、ルプス国の安寧《あんねい》は保たれている。それを返したいと常々思っていることを忘れないでくれ」

「陛下……」

アルフリードの視線が、迷うように森の木々の方へと向けられて、やがて、口を開く。

「マルコは――ユリアンの右腕《みぎうで》の男は、賢者の森の薬師の村落へ、足しげく通っていました。薬師たちは、儲《もう》けを得るために薬を作っているわけではありません。それでも、マルコは交渉を続けました。それは――我らイェルク家の末弟《まってい》のためだったのです」

「……やはりそうか」

「気づいておられたんですか」

「サイラスがな」

ふっとアルフリードは息を吐いて、話を続けた。

「マルコは、私たちの末弟の後遺症《こういしょう》を治すため、その薬を得るために、尽力《じんりょく》してくれていました。だから、私はマルコを絶対的に信じています。疑いを持たれていること自体が、許しがたいとも思っています。マルコの身に何かあったのならば、必ず助け出します。何を対価にしたとしても。ですが、これは個人的な感情です。あなたはたった今、兄弟として頼れとおっしゃった。だから申し上げましたが、立場上、こんなことは誓《ちか》って二度とは申し上げません。マルコは、容疑者であることに変わりはない」

アルフリードは誓った。マルコは、容疑者であることに変わりはない」

「それでも、どうか、力をお貸しいただきたい。真実を受け入れる、と。私に、マルコを信じることを許していただきたいのです」

「心にとどめておこう……アルフリード」

「ええ、陛下」

鋭《するど》く声を交《か》わし合った異母兄弟は、剣《けん》の柄《つか》に手を当てる。

オークの生《お》い茂《しげ》る森の聖域、殺気を放つものどもに取り囲まれつつあるのを感じていた。

グルル、と低いうなり声がそこかしこから聞こえてきて、ギルハルトは声を上げた。

「銀の狼よ、王たる俺の森の衛士――よくも湖に落としてくれたな！」

すると、木の陰《かげ》から、一匹《ぴき》の狼が姿を現した。

妻を奪われた、あの狼だった。

銀色の毛並みを逆立てて、狼はうなり交じりに言った。

「……喉笛《のどぶえ》を噛《か》み潰されなかったことを感謝するがいい、人の王」

少年の翻訳《ほんやく》ではない。

たしかに、目の前の狼が口を利いたのだ。感情だけではなく、言葉がはっきりわかってしまって――。

――いよいよ、いぬっころの仲間入りか……？

アルフリードの手前、二度目の自虐は口に出せず、ひそかにショックを受けるギルハルトは、殺気に反応して剣の柄にかけていた手を開いてみせ、戦意がないことを示す。

「ああ、感謝しよう。ついでに、この場も牙《きば》を収めてはくれないか。話し合いに来たのだ」

狼は、ぴく、と耳を動かす。

「こちらの言葉が伝わっている。ふん……？　その腕輪《うでわ》の力か――そんなものを作れる魔《ま》術《じゅつ》師が、まだ存在するというのか」

「《森の賢者》が作るものと、この腕輪は違《ちが》うのか」

「あの偉《えら》そうな小僧《こぞう》が作るものは、本来の性能には届かん、ただの印にすぎん」

狼と言葉を交わしている、という事実に、あらためておのれの正気を疑いそうになるが、すべてを飲み込んで、ギルハルトは言った。

「これは俺の妻が作ったものだ。狼の言葉がわかるようになるとは聞いていなかった」

隣の異母兄にも同じものが渡《わた》されているはずだが、彼はきょとんとした顔をしている。

「陛下？」

アルフリードには、銀の狼の言葉は伝わっていないらしい。

狼が口を開く。

「人の王。おまえは特別だ。我らと祖を同じにするうえ、湖に浸かった。だから、この地の力になじみ、我らと疎通《そつう》がかなっているのだろう。それにしても、あれだけの魔力《まりょく》に当てられて、無事だったとはな……」

「俺を殺すつもりだったのか」

「まさか、殺すつもりなどない。お前の中の人狼の血が暴走し制御《せいぎょ》を失い、俺たちのような姿になればいいとは思っていた。俺たちの苦しみを思い知るがいいとな」

――殺意よりも、よほど悪質だろうが……！

威厳を保つため、ツッコミを心の中に押しとどめると同時に、背筋がぞおっと冷える。

――一歩間違《まちが》えれば、狼の姿になっていたかもしれない？　冗談ではなく、アイリに世話を任せる余生を送るはめになるところだった……？

もふもふかわいがられる全身狼姿の自分が脳裏《のうり》に浮かび、頭を現実から逃がさねば錯乱《さくらん》に陥《おちい》りかねない自分に気づく。怖気《おじけ》づくな。いざとなればアイリにもふもふされればいいんだと自分を鼓舞《こぶ》し、目の前の現実に――口を利く狼に、ギルハルトは向き直った。

「森の衛士――狼神の末裔よ。おまえたちは、意外と陰湿《いんしつ》なのだな」

「罪を犯《おか》せば罰《ばつ》が下る。それが節理である」

「ならば、罰を与える相手が違うだろう。なぜおまえたちは密猟者を探さない」

「我以外の衛士が嫌がった。これ以上、眷属を失うわけにはいかないとな」

「何匹やられた」

「銀の狼は、私の妻のみ。灰色の眷属は八匹も殺された。それだけではない。連中、自分たちの仲間を噛み殺せば、森を焼くと脅《おど》してきたのだ。実際に、一角を焼かれた。我々は、不届き者に激怒《げきど》している。しかし同時に、おまえにも。そして、森の賢者を名乗る白い小僧にもな」

「シロにも、か」

「あの小僧は異界からやってきた。こっちの世界のことなどどうなってもいいと思っているのだ。あれの母親がこっちで禁忌《きんき》をおかしたせいで、人間を憎んですらいる」

賢者の森を易々《やすやす》と離《はな》れ、王宮を訪《おとず》れていたシロ。役目があると豪語《ごうご》する割に、その行動は軽率《けいそつ》であるし、魔術というものが行使できるならば、密猟犯に対していかようにも手を打つことができるだろうに、シロは傍観《ぼうかん》に徹《てっ》している。

　銀の狼が言った。

「王領地は絶対の禁猟区《きんりょう》。それはいにしえの契約《けいやく》である。人間たちが契約違反《いはん》をするならば、こちらにも考えがある。人の王よ、我らに、新たな門番をよこせ」

「文句があるなら、森の賢者に言ってくれ」

「あれは、しょせんは異郷の者だ。今回の件で、我らのことなど他人事《ひとごと》だと証明された。

月の聖女をこちらに寄越《よこ》せ。さすれば、この契約違反には目をつむってやろう」

「おまえたちが言っている月の聖女とは、アイリのことか。だとしたら、俺は絶対に渡さない。彼女は、俺の妻なのだ」

自らの妻を奪われた銀の狼は、ぐるる、とまるで嘲笑《ちょうしょう》するようにうなった。

「人狼の血を引く人の王。その血を鎮めるための伴侶《はんりょ》が必要という話であれば、賢者の森周辺の女を誰でもヨメにすればいい」

「なんだと？」

「なぜに決められた家系の娘《むすめ》が王妃になるようになったのか？ おまえは知らないのか？当初、月の聖女の偽物《にせもの》があまたに出たのだ」

利権が絡《から》み、血みどろの争いまで起こり出す始末。

だから、月の聖女を祖に持つ伯爵《はくしゃく》家から王妃を選ぶことにしたのだと。

「つまり、おまえを鎮めることができる者には、代わりがいるということだ」

「そんな、ほいほいいるはずが」

「いる。人の王。おまえの血を鎮める程度の力を持つ者くらい、いくらでもいる。なんだったら薬師の村の長老とてできるだろう」

薬師の村に入ったときに、長老の挨拶《あいさつ》は受けた。あのおじいちゃんになでなでされる自分を想像しそうになって、すさまじい精神的ショックを受ける。

ギルハルトは、合理的に物事を考える性質だ。人狼の血が収まってくれるのなら、おじいちゃんだろうが幼子だろうが、筋肉男だろうが誰だっていいはずなのだ。それでも。

――アイリがいい！

女であればいいというわけでも、当然ない。

代わりなんていない。アイリじゃなければ駄目《だめ》に決まっている。もう何度目かわからない、アイリが自身の元に来てくれたことに心底感謝するギルハルトだ。

「それは報復か、森の衛士。この俺に、おまえと同じように妻を失わせようというのか」

「いいや、罰だ。務めを果たさなかった人の王へのな」

「おまえの妻は死んでいない！」

「嘘を言うな、私はこの目で見たのだ！　狼を殺す毒で、妻が殺されるさまを……！」

憎しみに身も心もゆだねた銀の狼は、大きく吠《ほ》えた。

「私は、森の衛士の役目を降りる！　貴様ら人間に報復をする！」

「信じろ！　おまえの妻は生きているのだ！　狼を殺した毒は、不完全なものだ。《森の賢者》が作ったものではないからな」

「では、誰が作った？　作った者も、関わった者も、みんなみんな噛み殺してくれる！」

ギルハルトは、だんだん腹立たしくなってくる。

「わからん奴《やつ》だな、いい加減にしろ！　報復ではなく、今は救出だ。力を貸せと言っているのに――貴様は、妻を救いたいとは思わないのか!?」

「人間の言うことなど、信じるものか」

銀の狼は嘲笑《あざわら》う。

「おめでたいな、人の王。そっちにいる、もうひとりの狼神の末裔は、ずいぶんと貴様のことを憎んでいるようだぞ……？」

鼻づらで指されたアルフリードは、主君のする問答を黙《だま》って見守り、静かに控《ひか》えている。そちらに視線をやらず、ギルハルトは狼に先を促《うなが》した。

「我らの鼻は、そのくらい嗅《か》ぎ分けられる。ふん？　お前だって、本当は気づいているのではあるまいか、人の王？　さて、何に憎しみを覚えているのか……私のように妻を殺されたか？　それとも、親兄弟を見殺しにでもされたのか？」

「…………っ」

「はは、当たるとも遠からず、と言ったところか！　気を付けることだな。その男に背を預けてみろ、牙を突《つ》き立てられるぞ！」

言い当てたことに機嫌《きげん》をよくする狼に対して、ギルハルトはいい加減頭に来ていた。

「この……わからずやの、いぬっころが……！　んなこたわかってるんだよ！　俺が、この男から恨《うら》まれていることなんて、ずっと知ってるってんだ！」

「なんだと？」

「それでも彼は、おのれの個人的な恨みではなく、弟たちと部下たちのためにと戦っているのだ！　自分の中の恨みと戦い、こうしてここに立っている。強い人なのだ！」

かつて、殺し合い寸前の試合を演じた異母兄は、ギルハルトの中にあった鬱屈《うっくつ》を見抜《みぬ》いていたのだ。そのうえで、全力でぶつかってきた。

あれがなければ、ギルハルトは自分の中の人狼の血と向き合うことはできなかっただろう。アイリが来るまでの間、ねじ伏《ふ》せてはいられなかっただろう。

「俺だってな、役割に徹することが馬鹿げていると嫌になることくらいあるんだよ！　クソ王のしりぬぐいを、なんでこの俺が夜を徹してやってやらねばならんのかと、馬鹿馬鹿しくなる、俺がやらかしたわけでもないってのに、なんでこんなにも必死にならねばならんのかとな！　放り出してやろうと思ったことも、何度だってあったわ！　人狼の血で荒《あ》れていたときとて、臣下どもが何を考えていたかくらいわかっていた！　いいときばかり持ち上げやがって、ならば、アルフリードを王に担《かつ》ぎ上げればいいじゃないか、できるものならやってみやがれ、クソッタレ、くらい腹が立っていた！」

「へ、陛下……？」

突然《とつぜん》、怒りをぶちまけ始めたギルハルトに、わけのわからないアルフリードが狼狽《ろうばい》している。目の端《はし》に見えていたが、ギルハルトは止まらない。

「だがな、俺は立ち直ったんだ！　アイリが来てからは、そんな風に思わなくなったんだ。

迷うことも、諦《あきら》めようという気も起きなくなった。彼女は、自分の役割にいつでも誠実だったんだ。王妃の座だけが必要ならば、俺から利を引き出そうというなら、俺にだけ優しくすればいいってのに、あいつは誰にでも優しいんだよ！　自分の悪口言ってたアホの貴族令嬢《れいじょう》どもにまで優しかったんだよ、『ざまあみろ』と報復しようとしなかったんだよ。貴族ってのは見栄《みえ》と矜持《きょうじ》の生き物だ、恥をかかせて親の貴族どもに禍根《かこん》を残せば、今後の俺の治世に障《さわ》ると考えて……俺の、ために……っ！」

今までのうっぷんとばかりに、一気に怒りを爆発《ばくはつ》させる人の王の形相《ぎょうそう》とその勢いに、さすがの銀の狼もドン引きし、あとずさる。

「な……なんの話をしているのだ……？」

「俺の妻は絶対に渡さん、と言っているんだよ！　こっちが理性的に相手してやろうと思ったら、屁理屈《へりくつ》ばかり並べ立てやがる。だから、俺とてもう知らん！」

瞳《ひとみ》を好戦的に輝《かがや》かせて、ギルハルトは剣を引き抜いた。

「ここは、俺の領地だ……俺のやり方に従えないというのなら、力ずくで従わせてやる」

「ほう、おもしろい。ならば、神域から出るがいい。血で穢《けが》すのは本意ではない。森の外で嚙み殺してやる」

「あぁ？　ここは俺の領地だと言っているのが聞こえないか？　いぬっころの脳みそでは、理解ができんか？」

「愚弄《ぐろう》するか、ろくろく治められていない無能が……っ！」

アルフリードはおろおろする。耳に聞こえるのは、ギルハルトの言い分だけだが、銀の狼のうなり声には怒気《どき》が交じり、双方《そうほう》が言い争いをしているのは一目瞭然《いちもくりょうぜん》だ。

そして――どうやら、その言い争いがひどく低レベルなことも……。

「貴様が貴様の妻を見殺しにしたのは、貴様の落度《おちど》だろうが！」

ギルハルトはあえて地雷《じらい》を踏《ふ》み抜いた。時間がない。狼は力ある者に従う。もはや、力でねじ伏せることでしか解決はできまい、と判断し、意識を切り替《か》えたのだ。

銀の狼から、おぞましいまでの憎悪《ぞうお》と殺気が噴《ふ》き出す。

「……もう一度言ってみろ……」

「何度だって言ってやろう、妻が奪われたのは、おまえが弱いからだとな。俺ならば、俺の妻を必ず守る。何に代えてもな！」

「おのれ……おのれぇ……！」

「陛下！　煽《あお》ってどうなさるんです⁉」

「黙ってられるか、貴殿も馬鹿にされているんだぞ」

「私は、され慣れてますから！」

「自分を貶めるな、と言ったのはどこの誰だ⁉」

挑発《ちょうはつ》を込めた言葉に、アルフリードが憤《いきどお》る。

「冷静になってください。王陛下ともあろうあなたが、同じ土俵に立つ必要はない！」

「俺は、誰であろうと貴殿を侮辱《ぶじょく》する者を許すつもりはない！　貴殿は要衝《ようしょう》を護ってい
る尊敬すべき武人だ！」

「陛下……」

狼に囲まれるふたりの顔に、焦燥《しょうそう》はなかった。

アルフリードは主君に倣《なら》い、自らの剣を引き抜いた。勢い、ギルハルトと背中合わせで
剣を構える。ギルハルトが言った。

「貴殿が俺にしてくれたように、狼たちとも、牙を合わせてみようではないか。狼相手に
は、それが一番効果があると、貴殿が教えてくれたのだから」

アルフリードが苦い顔をする。

「あれは、決して作戦だったわけでは」

「わかっている。それでも、兄弟のいない俺に、人狼の血を持つ同志がいない俺に、全身《ぜんしん》
全霊《ぜんれい》でぶつかってきてくれたことが心から嬉《うれ》しかったのだ」

「もう一度、ここに誓いましょう。あなたに、俺の剣を捧《ささ》げることを……！」

好戦的に笑う、王の血を引く男たち。

それに対峙《たいじ》する、いきりたつ狼たち。

濃厚《のうこう》な敵意とひりつくような殺気が入り交じり、戦《いくさ》の気配がこの場を支配する。

いざ、開戦の火ぶたが切って落とされる！　直前——場違《ばちが》いな声が割り込んできた。

「みなさーん、待ってくださ——い！」

殺気立っていた者たちが一斉《いっせい》に視線を向けた先にいたのは、白馬に乗ったアイリだった。

「銀の狼の旦那《だんな》さん！　私と一緒に、奥さんを助けに行きましょう！」

原始魔術、というものを行使しないようにと気を付けながら、命令ではなく、銀の狼自身へと、意思を問うように。

ギルハルトは馬上の婚約者《こんやく》に、叫び返した。

「アイリ！　この狼の妻がどこにいるのか、わかったというのか⁉」

「はい！　森の動物たちの中に、知ってる子がいるんだそうです！」

まさか動物に聞いたとでもいうのか。信じられない。

信じられないが、腕輪の力で狼の声を聞いてしまったギルハルトは、納得《なっとく》せざるを得なかった。笑いを噛み殺しながら、うなずいて振り返る。

「俺は妻とともに行く。貴殿はどうする、森の衛士たる銀の狼よ」

「……っ、に、人間など、信じられる、かっ」

銀の狼は変わらず敵意を向けてはくるが、声には明らかに迷いが交じっている。

「そうか」

あっさり了解《りょうかい》したギルハルトは、剣を鞘《さや》に納めた。

もはや、自分にできることはひとつだけ。

「貴殿は、自分の妻を信じられないのだな」

「なん、だと……っ」

「俺は、俺の妻を信じる」

穏《おだ》やかに言ったギルハルトはアイリの馬に駆け寄《かよ》ると、身軽にそれに飛び乗った。

「アルフリード！　すまないが、この場は預けた。貴殿であれば切り抜けられよう」

「もちろんです、お任せください！」

「すみません、アルフリード様！」

「いいえ、妃殿下《ひでんか》！　おふたりとも、お早く！　ご武運を！」

力強くうなずいたアイリは、ギルハルトを乗せた馬首をめぐらせた。

動物たちの先導で駆け出せば、森中の獣という獣がアイリの馬に追従した。走れない獣たちは、まるで援護《えんご》するように彼女のためにと道を開ける。

「なんということだ――」

見送るアルフリードは、圧巻の光景に、腹の底から身の震《ふる》えを覚えるのだった。

✶ ☾ ⋆ ✶

動物たちに先導され、アイリとギルハルトを乗せた白馬は激走する。

ギルハルトは言った。

「ここで、銀の狼の妻を取り戻せなければ、賢者の森の衛士は二分することになる！　おそらく、妻を失った銀の狼の怒りを他の狼たちが止めることはない。そうなれば、俺は、森の衛士の一匹を、殺すことになるだろう」

狼神の末裔たる銀狼王が、狼神に連なる眷属を殺《あや》めるなど、前代未聞《ぜんだいみもん》である。そうなれば、後世消えない遺恨が残るだろう。

森の衛士に、ギルハルトの名は、忌《い》むべきものとして語り継《つ》がれることだろう。

アイリは決意をもって応える。

「そうはさせません！」

妻を奪われたのではない銀の狼が数匹、気づけばアイリの馬と並走《へいそう》していた。

「月の聖女よ」

狼が呼びかけてくるのを、ギルハルトが翻訳して教えた。

「今、動物たちが案内している先にいるのは、馬に乗って逃げた数人の黒衣の男どもだ。連中は濃《こ》い血の匂いをさせていた。その匂いを追っている、と、こいつらは言っている」

ギルハルトたちと交戦したことで、一時撤退《てったい》しようとしていた黒衣の男は、すでに馬に乗って森を離れようとしているというのだ。

「馬だと……？」

襲撃してきた黒衣の男たちは、馬を使ってはいなかった。

「連中は馬を隠していた。我らは、その馬の隠し場所を見張っていた」

森の衛士は、密猟犯の持つ毒を恐《おそ》れて手をこまねくばかりではなかったのだ。

「連中はそこに来て、我らは交戦した。我らが毒に警戒《けいかい》している間、数人だけが逃げた。王の騎士どもが逃がした馬がいただろう。あれを捕《と》らえていたようだ。我らの追手《おって》を振り切ってな」

その時、狼の遠吠えが聞こえてきて――。

「馬に乗った密猟犯が数人、騎士どもの網《あみ》を突破《とっぱ》した！　森の外に逃《のが》れたぞ！」

動物たちの先導で、ふたりを乗せた白馬は森の外へと走り出て、薬師の村を突っ切った。

すべての村民たちが、王と婚約者を乗せた白馬と獣たちの大行軍を目撃《もくげき》したという。

それはすさまじくも、神々《こうごう》しい光景だった、と、後に目撃した薬師たちは語るのだが、それはまた、後の話――。

走りに走り、アイリを先導していた動物たちが走り疲《つか》れて徐々《じょじょ》に脱落《だつらく》し、数を減らした頃《ころ》、ようやく、先を走る三頭の軍馬が見えてきて――。

アイリは目を凝《こ》らした。

見える、馬の一頭の背に麻袋《あさぶくろ》が括《くく》りつけられ、そこから銀色の輝きが、わずかながらに漏れ出ている。

シラユキに並走する狼が言った。

「我らは、自分の同胞《どうほう》が怒りに我を忘れるのを見ていることしかできなかった。つがいを奪われることがどういうことか、わかるからだ！　あの連中を捕らえたところで、妻を奪われた同胞を鎮めることができるかどうか――」

「大丈夫《だいじょうぶ》！　銀色のきらきらが、黒衣の人の馬の荷から出ている！　銀の狼の奥さんは、まだ生きている！　助けられる！」

「月の聖女よ、頼む、止めてくれ！」

「任せて！」

先導する動物たちはすべてが脱落し、もはや悪党を追うのは、アイリとギルハルトの乗る馬と、数匹の銀の狼だけになっていた。

悪党の馬の一頭から、血が点々と落ちていて、銀のきらきらが少しずつ淡《あわ》く小さくなっていく。追いつこうと懸命《けんめい》に白馬を走らせるも、焦《あせ》りに反して馬の脚《あし》が落ちてくる。

疲弊《ひへい》しているのだ。

「お願いシラユキ、がんばって……！」

悪党の馬にアイリの声が届きさえすれば、命令に従ってくれるはずなのだ。しかし、声が届くところまで、追いつけない。

焦るほどに、さらに距離《きょり》が開きはじめて歯噛《はが》みする。

──どうすればいいの!?

その時である。

「アイリ、すまない」

アイリの後ろ、同乗しているギルハルトの声が静かに告げる。

「おまえを何があっても守ると言っておいて、こんなことを言いたくはないのだが……この場は、おまえに頼らざるを得ないようだ」

振り仰《あお》げば、こちらを見下ろすギルハルトの決意を秘めた瞳がある。彼が何をしようというのか、アイリは悟った。迷っている余地はない。短く、しかし力強く了解する。

「お任せを！」

「俺の妃は頼もしい。おまえを愛している、誰よりも」

信じている、と思いを込めて。

「私もです」

頭のてっぺんに接吻《せっぷん》を残したギルハルトは、馬から飛び降りた。

──ギルハルト……！

後方に、景色と共に飛び去って行く愛おしいひと。

地面に叩《たた》きつけられる、その寸前、銀狼の旦那さん率いる狼たちがたくさん身を寄せ合い、クッションとなって助ける光景が、瞬《また》く間《ま》に遠のいていく。

銀の狼たちは、ギルハルトを信じたのだ。そして。

(私を、信じてくれている……！)

妻を、助け出してくれるのだと。

アイリは前に向き直る。

アイリの体重だけを運べばよくなったシラユキは、勢いを増して加速する。

やがて、悪党たちの馬に追いついて——アイリは、叫んだ。

「当代月の聖女が、森の衛士に代わって命じる！　そこの馬、いますぐ止まれ……！」

とたん、麻袋を載《の》せた馬の一頭だけでなく、悪党を乗せた三頭すべての馬が速度を落とした。乗り手の彼らは狼狽する。

「おい、ど、どうなってやがるんだ⁉」

追いついてきたアイリに向かい、一斉に短剣《たんけん》を抜く黒衣の男たち。

アイリへの攻撃《こうげき》を阻《はば》んだのは、彼らが奪った軍馬だった。肩《かた》や腕《うで》に噛みつかれた男たちは、ギャッと悲鳴を上げ、さらに追いついてきた銀の狼たちが威嚇《いかく》に唸《うな》って取り囲む。

「ぐうっ、狼どもは蹴散《けち》らせるだろう！」

毒が塗《ぬ》られているであろう短剣や短弓を構える男たちは、しかし――。

「武器を捨てろ……！」

怒号《どごう》と共に馬で駆けつけてきたのは、アルフリード率いる国境の騎士たちと銀狼騎士団の面々だった。

黒衣の男たちは逃げようにも、もはや馬は言うことを聞かず、森の獣たちまで駆けつけてきて、ぐるりと包囲し逃がさない。

三人の黒衣の男が捕縛《ほばく》されるのを尻目《しりめ》に、アイリは急いで馬の背に積まれた血のにじんだ麻袋を下ろしたいが、かなりの重量があるそれを乱暴には扱えない。

「アルフリード様、手を貸していただけますか」

「御意《ぎょい》に」

ふたりで慎重に地面におろし、中身をあらためれば、そこにはぐったりとした雌狼《めすおおかみ》が。

身じろぎひとつしない彼女は、つややかなはずの銀色の毛の輝きも失《う》せている。

「血が……」

身に着けていた乗馬服のアスコット・タイを外して、傷口を押さえるも、狼の体はどんどん冷えていく。アイリは彼女を温め、命をつなぎとめようと抱きしめる。

「助けるのが遅《おく》れて、本当にごめんなさい……あたたかい場所に移動して、治療《ちりょう》を――誰か……！　運ぶのを手伝ってください！　毒を、抜くにはどうすれば……っ、――」

　その時、白いフクロウがすいっと空から、顔面蒼白《そうはく》になってうろたえるアイリの肩に降り立ち言った。

「そう慌《あわ》てるな、月の聖女。殺す毒があるのなら、それを解毒《げどく》するものも当然ある」

「シロ……！　あなた、解毒薬が作れる⁉」

「彼女が侵《おか》されているのは僕が作った毒ではない。アイリ、おまえの目があれば、作れるかもしれない。彼女の症状《しょうじょう》を見ながら、僕が調合を変え処方する。手伝う気はあるか」

「もちろん！」

　できるかどうか迷うことなくアイリがうなずくと、狼を持ち上げようとしゃがみ込んだところで、先に抱き上げる男の腕がある。

「俺が連れて行こう」

　アイリの傍《かたわ》ら、力強く狼を抱き上げたのはギルハルトだった。


　シロの領域に狼の奥さんを抱いたギルハルトと、狼の旦那さんと共に移動したアイリは、さっそくシロと協力し、解毒薬作りに取りかかる。

　その間、狼の奥さんの傷の手当てをしてくれたのは、なんと王たるギルハルトだった。

なにせ、猫《ねこ》の手も借りたい状況《じょうきょう》であっても、この領域には限られた者しか入れないのだ。

「国境で交戦したときに、傷の手当ての方法は学んだからな」

「ふん。無能な人の王の割に、やるではないか」

アイリに薬効の高い薬草を選別させるため、見繕《みつくろ》う手を動かしながら鼻で笑うシロに対して、ギルハルトはてきぱきと傷を洗い、薬を塗布《とふ》しながら応じる。

「無能はどっちだ。口を動かしてる暇《ひま》があるなら、さっさと薬を煎《せん》じろ、鳥野郎《やろう》」

「やってるだろ、その目は飾《かざ》りか？　僕の名は教えたはずだが、その頭までお飾りか？」

「ふん、焼き鳥になりたいようだな、シルウェストリス・ロクス＝アルビテル＝アンブラティオ＝ルーキス・オルトス」

「シロでいいって言っただろうがっ」

その時、狼の旦那さんが、やかましい、とばかりに低く唸り声を上げた。

「おふたりとも、狼の奥さんが休めませんから、静かにしてください」

薬を選別する手を止めないアイリからも叱《しか》られて、ふたりは揃《そろ》って黙《だま》り作業に没頭《ぼっとう》する。

三人の協力で、銀の狼の奥さんは無事、命を取り留めることができた。

「狼神の血を引く者は頑丈《がんじょう》だって、ギルハルトの言っていた通りですね」

静かに眠《ねむ》る、狼の奥さんの毛皮を撫でて、アイリは安堵《あんど》の息をつく。

あれだけ血を流していたが、彼女の生命力は驚くほど強かった。

それでも、改良が重ねられた毒の影響の残る体は、しばらく絶対安静で、用意された寝《ね》床《どこ》で眠る彼女に寄り添《そ》う夫は決して傍《そば》を離れようとしない。

自分の領域に他者を入れるのを嫌がっていたシロだが、それには文句をつけなかった。


黒衣の男たちは、堅牢《けんろう》な警備を敷《し》いていた国境騎士団の警戒網《もう》を突破したが、それは仲間の犠牲《ぎせい》を払《はら》ってのことだった。三人だけでもと、森の外へ逃がしたのは、銀の狼を運び出すためだったことが聴取《ちょうしゅ》で明らかになった。

銀の狼をラケルタ国に売り払えば、森の衛士を辱《はずかし》める。人の王は狼からの信頼《しんらい》を失い、賢者の森は分断され、黒衣の男たちの王家への報復は達成される。

そして、ラケルタの魔術師は守る者のいなくなった森を蹂躙《じゅうりん》するつもりだった。積年の悲願を、ラケルタ国は虎視眈々《こしたんたん》と狙っていたのだ——。

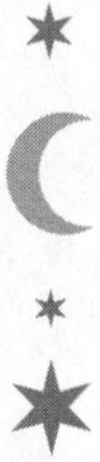

クヴェレ公爵《こうしゃく》名代ニコラウス・クヴェレは、薬師の村から戻ってきた銀狼騎士のひとりから、黒衣の男たちが捕縛されたと報《しら》せを受けていた。

「密猟犯が捕まったのですか？　それは、ひと安心！　一件落着、というわけだ」

イェルク兄弟を犯人呼ばわりしていたことなど、なかったかのように、伝令の騎士に喜んで見せたニコラウスは、内心では舌打ちしていた。

――黒衣の連中、元は宮廷に仕えていた《猟犬《りょうけん》》だとか言っていたが……。

彼らは、先の王妃に暗殺を命じられ、命じられた通りに実行すれば先王に激怒された挙句に実行犯は処刑《しょけい》されたのだ。処刑を免《まぬが》れた者、処刑された者の息子たちは王家を憎み、その報復を望んでいた。そんな彼らはラケルタ国に目をつけられたのだ。ルプス国の転覆《てんぷく》を望む、元《猟犬》はラケルタ国におもねった。

――せっかく、ギルハルトを殺す毒を薬師の村の娘にまで協力させ、与えてやったというのに……使えない連中だった。所詮《しょせん》は使い捨ての負け犬か。

ギルハルトを森に誘《さそ》い込み、元《猟犬》たちに待ち伏《ぶ》せさせて暗殺させる。もしくは、銀の狼を怒らせ相打ちにする。二段構えのどちらも失敗したのだから、目も当てられない。赤狼《せきろう》も巻き込んでギルハルトを潰すチャンスだったというのに。

「まあ、いいか」

潰れたところで、捨て駒《ごま》なのだ。問題は何もない。

ラケルタ王家の寄越した男を公爵家の相談役として、ニコラウスの傍に置き、この男に元《猟犬》どもの仕切りを任せていた。ニコラウスは表に出ない、という条件付きの取り立てである。

黒衣の男どもが捕まったと報せを受け、相談役は『しばし姿を消す』と、すでに公爵領を離れたはずだ。元《猟犬》が尋問《じんもん》で何かを吐いたところで、相談役が全部仕組んだこととすれば証拠《しょうこ》は残らない。

仮にニコラウスにとって都合の悪いことが露見《ろけん》したところで、父の功績がある。ギルハルトは父公爵に頭が上がらないのだから、謹慎《きんしん》程度で済むだろう。

ニコラウス・クヴェレは楽観していた。

狼神を殺す薬は、まだこの手の内にある。ギルハルトやアルフリードを殺すことはいつだってできるのだ。

ただ、父がこのまま身罷《みまか》れば、その功績を笠《かさ》に着ることはできなくなる。

——ここからは、もっと慎重に行くとするか……。

自分には、金の卵を産むガチョウ——薬師どもがいる。これまで、公爵家が連中の製薬に儲けを絡《なま》ませなかったのは信じがたい愚行《ぐこう》。

「ぼさっと怠けていた、お父様が悪いのだ。ギルハルトが玉座を降りたら次は誰にとなったとき、正統のクヴェレ公爵家の名ではなく、あんな赤狼ごときが推《お》されるのだから」

これはニコラウスにとって度《ど》し難《がた》いことだった。

「だから、必ずこの私が、玉座に就いてみせる」

間違いは、正されなければならない。すべてはクヴェレ公爵家のために。

ニコラウスがつぶやいた、そのとき、部屋の扉《とびら》がノックされる。

伝令役の騎士による、公爵家の広間へ来るように、と銀狼王からの呼び出しだった。


ニコラウスが広間へ赴《おもむ》くと、そこには銀狼王ギルハルト、その婚約者のアイリがいた。

赤狼アルフリード、そして薬師のロッテの姿もある。余計なことを言っていないだろうな？　とにらみつけると、ロッテはごく小さくうなずいてみせた。

「さて、いったいなんのお呼び立てでしょう」

笑顔《えがお》でしたニコラウスの問いに、答えたのは肩に白いフクロウを乗せたアイリ・ベルンシュタインだった。

「クヴェレ公は病気ではなく、毒によって臥《ふ》せっていることがわかりました」

「は……？　どういうことですか」

「森の賢者が教えてくれたんです」

「森の賢者？　はて。そのようなものは、この屋敷《やしき》には入れていないはずですが……」

「彼はどこにでも現れます。賢者の森の安寧を保つためであるならば。その彼が、『クヴェレ公は、毒に侵されている』と。そこで彼と私で、解毒の薬を作りました。すでに服用していただきましたので、これから快方に向かうでしょう」

「なんと勝手な……っ、あ、いや、さすがは月の聖女。感謝の言葉もありません」

おのれ、余計なことを！　と内心でうめいたニコラウスは言った。

「毒に侵されていたとは、いったい誰が、そんな恐ろしいことをしたというのです？　父に近づくことができた者は、たったひとりしかいないというのに」

と、ニコラウスは薬師の娘を振り返った。こいつが余計な証言をする前に——。

「父に毒を盛ることができたのは、父を看病をさせていた、この娘だけのはず……はっ⁉ ま、まさか！　おまえがやったとでもいうのか⁉　おまえの村は、わが公爵家により、格別な庇護《ひご》を与えてやったのに……この、恩知らずめがっ！」

ニコラウスは、ロッテの頰《ほお》を平手で打った。勢いのまま彼女は床《ゆか》に倒《たお》れ伏す。

広間に飾られていた剣を素早《すばや》く摑《つか》んだニコラウスは、この場の全員が制止に動く間も与えずに、それを引き抜いた。

「おのれ、父と同じ苦しみを味わうがいい、痴《し》れ者が！」

振り上げられる刃に、娘は弁明のひとつもしようとせず、目を閉じた。あたかも神罰《しんばつ》を待つ敬虔《けいけん》な殉教者《じゅんきょうしゃ》のように、みじろぎすらしない。

この女は薬師で一番の腕を持つと聞いている。少々もったいないけれど。

——女ひとりでこの場が乗り切れるのなら、安いものか。

力任せに剣を振り下ろした、その時、銀色の閃光《せんこう》が走った。

「へ……？」

光が、目にもとまらぬ剣の軌道《きどう》と知ったのは、おのれの喉《のど》をギルハルトの構えた剣先《けんさき》がぴたりと狙っていたからだ。気づけば跳ね上げられたニコラウスの剣は、とうに手を離れて部屋の隅《すみ》まで跳ね飛ばされている。

冷たく輝く銀色の瞳が据《す》えられている。それだけで射殺せそうなほどの鋭利《えいり》な、狼神の血を引く男の視線に、ニコラウスの体が勝手に震え出すのだった。


緊迫《きんぱく》した広間、剣をニコラウスに向けたまま、ギルハルトが毅然として言った。

「薬師の娘。ロッテ、と言ったか？」

王に名を呼ばれた娘は、床にへたりこんだままの体勢でぎくしゃくとうなずいた。

「おまえはクヴェレ公に毒を飲ませ、公が病であると偽《いつわ》ったのか」

ロッテは何も答えない。

「この男に命令されてやったのだな」

王の視線が、ニコラウスを指す。ロッテは、びくっ、と身を震わせ大きく首を横に振る。

「ち、ち、違い、ます！　すべて、私が、勝手にやったこと、です！」

恐れるように喉を震わせてのロッテの自白。ギルハルトはさらに問う。

「公爵を病に見せかけ、おまえになんのメリットがあるというのか」

「……公爵様がいらしたら、私たちの薬で、お金を、稼《かせ》ぐことが、できないから」

ギルハルトは、アイリに目配せした。

アイリは、綺麗《きれい》に綴《と》じられた紙の束を掲《かか》げて見せる。

「勝手ながら、クヴェレ公爵領の収支帳簿《ちょうぼ》を見せていただきました」

ニコラウスは、その帳簿を目にしてぎょっとする。

「そ、それは私の——窃盗《せっとう》ではないですか⁉」

「窃盗だ？　ニコラウス・クヴェレ。おまえが言えた立場なのか」

「な、なんですって？」

「この帳簿は、おまえが我が物顔で使っていた、我が王家の別荘《べっそう》に隠してあったぞ。ずいぶんマヌケをしたもんだ。おおかた、父親から隠すためなんだろうが、王たるこの俺の屋敷にあったものを、俺が拾って、どうして窃盗なのか。説明してもらおうか？」

王のものを私物化していたニコラウスはぐぬぬ、と口をつぐむ。

アイリの掲げた帳簿の内訳は、今年に入ってから薬師の作った薬を高額で売りさばいた、というものだ。

「薬師の皆さんへの報酬は、材料費という名目で大半が引かれてほとんど残っていません」

「おまえたちはニコラウスによって、作った薬を召し上げられていたのだろう」

さらに、賢者の森周辺では安く設定されているはずの税率が爆上がりしている。

「税金がはね上がったのは公爵が病に臥した後。どうだ、娘。公爵のせいで金が稼げない、という、おまえの証言と矛盾するが」

そう言ったギルハルトは、ニコラウスに視線を戻す。

「薬草は公爵領のものだから、という題目だが、違うだろう。賢者の森は王領地で、つまり薬草は俺のものだ。ということは、貴殿は、俺のものをおのれの懐《ふところ》に勝手に入れていた、ということになる。貴殿こそ、窃盗で裁きを受けねばならぬというわけだが……残念だったな。貴様の罪状はそんなもんでは収まらないぞ」

ギルハルトの示す先、アイリの《猟犬》ふたりが、男をひとり連れてくる。

その男の姿を見たロッテが、途端《とたん》に声を上げる。

「マ、マルコ!?　生きていた……あぁ……よかった、狼神よ……」

涙《なみだ》に震える彼女は、祈《いの》りを捧げるように両手を組み合わせて膝《ひざ》を床についた。顔を伏せ、静かに泣きながら安堵の声を漏らす。

アイリはエーファに命じ、王家の別荘だけでなく、公爵の屋敷をも探《さぐ》っていたのだ。そこで、地下を発見した。鍵《かぎ》がかかって入れなかったその場所を、アイリはネズミに誰か人間がいるかを問うた。どうやら誰かが囚《とら》われている、と判明したので。

「ぶっ壊《こわ》させていただきましたわぁ♡」

満面笑みのエーファの隣で、フリッツが青ざめてうなずいた。

「すんません。地下への扉、マジでぶっ壊させてもらいました……ピッキングとかじゃなくて、でっかいハンマーで、ドーーーン！　したっす……」

「わたくしのアイリ様を危険な目に遭わせた息子さんのおうちは、ぶっ壊してしかるべきですもの♡」

大事な主人が危険な目に遭っているかもしれないときに、こそこそ密偵《みってい》くらいしかできないうっぷんがおおいに溜《た》まっていたらしい。

ともあれ、エーファはアイリの命令通りに帳簿をみつけ出し、行方《ゆくえ》不明だったユリアンの右腕たるマルコも発見して、こうして保護を果たしたというわけだ。

「マルコさんは公爵家の地下牢《ろう》に囚われていたっす。光の入らない場所に長く入れられていたことと、栄養失調のせいでしょう。目が見えなくなっているようなんです」

「でもご安心を。先ほど、村の薬師の方に来ていただいて診《み》てもらったところ、一時的なものですし、命に別状はないそうですわぁ」

「このマルコさん、そちらのロッテさんと恋仲《こいなか》だったそうです」

《猟犬》ふたりの報告を受け取り、ギルハルトはロッテに尋《たず》ねる。

「マルコを殺されたくなければ、クヴェレ公を病にみせかけ身動きもとれず、口も利けない症状にしろと脅されていた――違うだろうか」

ロッテがうなずくよりも先に、ニコラウスが叫んだ。

「違う！　どうしてこの私が、私のお父様をそんな酷《ひど》い目に遭わせなければならんのだ⁉」

「俺は、ロッテを脅していたのがニコラウスだ、とはひとことも言っていないが？」

「…………！」

顔面蒼白になって口をつぐむ公爵の息子を一瞥《いちべつ》し、ギルハルトはフリッツに問う。

「ラケルタ人の、相談役と称《しょう》していた男は？」

「はっ。目を離すなとお命じなされた、あの男は、ですね」

なぜか言葉を濁《にご》したフリッツが、扉の方を振り返る。そこいた人物に、アイリは驚きの声を上げた。

「ユリアンさん⁉　と……、え？　先日、お会いした異国の商人さん、ですよね？」

アイリの視線の先、赤毛のユリアンと、淡い金髪を被《かぶ》り布で覆った男が、両脇《りょうわき》を固めて、ひとりの男を捕らえている。ギリギリと歯ぎしりしているその男こそ、公爵家の相談役だと自称《じしょう》していたラケルタ人だった。

男を銀狼騎士に預けた金髪の商人は、被り布を外した。鼻筋の整った、秀麗《しゅうれい》な顔をあらわにして、彼は金色の瞳を明るく笑わせる。

「やあやあ、またお会いしましたねぇ、藍色《あいいろ》の瞳も神秘的なお嬢《じょう》さん！」

「あなたは、いったい……」

ユリアンがにっこり笑って言った。

「やあ、アイリちゃん、お久しぶり。相変わらずかわいいね。こちらのお方はフェデリコ様とおっしゃって、我がルプスとの国境警備同盟国フェリスの第一王子なんだよ」

「は？　えええ⁉」

混乱するアイリの隣で、ギルハルトがアルフリードをじろりとにらみつける。

「ひとが悪いな。やはり貴殿、面識があったのではないか」

実直な騎士団長は、直立不動に目を逸《そ》らす。

「……フェデリコ殿下《でんか》は、ご機嫌を損ねると面倒くさ——いえ、失礼。王子殿下であると気づかなかったのは、この私の落度です。申し訳ありません」

「まあ……貴殿がそういうことにしたいのならば、そういうことにしておくが」

「いやあ、アルフリードにも気づかれないとは、俺の忍《しの》ぶ姿も堂に入《い》ったものだ！　隠密《おんみつ》の観光、実に楽しかった。惜しむべくは、ゆっくり見て回れない急ぎ旅だったことか！」

しらじらしくのたまうフェデリコ王子に、ギルハルトが問う。

「どうして、他国の王子が、我が国の密猟騒動《そうどう》の渦中《かちゅう》へ？」

「かつて魔術大国であったラケルタ国からは、このところ我らフェリス国でも、鉱石なんかの資源を盗《ぬす》まれる被害《ひがい》が多発していてね。ユリアンからの要請《ようせい》で、ルプスからラケルタへ、国境越《ご》えをしようという輩《やから》の荷をあらためてみれば、狼の毛皮や、不可侵《ふかしん》とされている聖地で採れるという希少な薬草が入っていたのだよ。これは、とても他人事ではない」

地味騎士フリッツが、おそれながら、と前置きして言う。

「このマルコさんの話では、もう半年も前から、旧敵ラケルタ国は賢者の森へと魔手《ましゅ》を伸《の》ばしていて、公爵の相談役としてこの男は間諜《かんちょう》としてもぐり込んでいたようです」

「半年も前って……」

「このマルコさんは、末の弟さんの後遺症を癒《いや》すための薬を得るため、薬師の村との交渉という名目で長期滞在《たいざい》していたんですが……その実、対ラケルタのために国境同盟によって派遣《はけん》されたんだということで」

「マルコもまた、間諜であったということか」

マルコは、公爵の相談役として、名代ニコラウスを陰で操《あやつ》っているのがラケルタ国の手の者と察知し、仔細《しさい》を報告する前に捕らえられてしまったのだ。

ここで薬師の娘が愕然として言った。

「では、私は、マルコがスパイだということを知らず……彼を愛して――」

ラケルタ国の間諜は、マルコをあますことなく利用した。マルコを人質《ひとじち》としてロッテの恋心《こいごころ》を利用し操り、狼を殺す毒のまがいものまでも彼女に作らせたのだ。

ギルハルトがつぶやく。

「……スパイが現地の者と恋仲になって諜報《ちょうほう》にあたるのはセオリーとは聞くが」

「そ、そんな……マルコ……」

床に膝をついた格好のまま、青ざめて震えるロッテは涙を流す。恋心を利用された挙句に、公爵を毒に侵したのだ。その姿に、痛ましそうに眉をひそめたユリアンは言う。

「実は僕、フェリス国におつかいに行かず、先にこっちに来ていたんだよね。マルコからのつなぎが取れなくなったから……」

「ああ。ユリアンからドタキャンの連絡《れんらく》があって何事かと思えば、ラケルタ国がらみって言うじゃないか。だから、俺も自分の目で確かめておかねばならんと思ってな」

フェデリコ王子は、あっけらかんとしているが『ならんと思ってな』程度の動機で、一国の王太子が御自ら、他国に馬を飛ばすとは、フットワークが軽いなんてものではない。

王子は興奮気味に言う。

「ついでに、月の聖女っていうのにも会いたいと思っていたのだ。いや、来て大正解だった！　あらゆる動物どもを使役し、馬を疾駆《しっく》させたあの光景が目に焼き付いて離れないのだよ！　圧巻であったなあ！　月の聖女よ。そなた、婚姻はまだであろう？　であれば、我が国に嫁《よめ》に来ないか！」

ラケルタ国は一夫多妻制であり、一妻多夫でもある。

身分が高い者がたくさんの妻や夫を持つことができるという。

「動物を自在に動かせる力があるとは、とんでもないことだ。我が国には、狼よりも虎《とら》が多いのだ。虎を自在に操る戦闘《せんとう》部隊がいれば、どんな戦況《せんきょう》でもひっくり返るってものだ。ぜひぜひうちに来てほしい！」

金色の瞳をきらめかせ、フェデリコ王子はアイリに向かって大きく手を広げる。

「藍色の瞳のお嬢さん。そなたが望むのなら、どんなものでも差し上げよう！　どんな褒《ほう》美《び》でもとらせるし、領地だって与えよう。数が無駄《むだ》に多いうちの国の王子の好きなのと結《けっ》婚《こん》させてあげるし、どんな条件でも呑《の》もう。考えてみてはくれないか！」

と、アイリはギルハルトに手を引かれて、気づけば彼の胸に納まっている。

「残念だったな、フェデリコ王子。俺も同じように褒美やらなんやらで気を引こうとしたが、アイリはそんなものではまったくなびかんぞ？」

ギルハルトは凄《すご》みのある笑《え》みを浮かべる。絶対に渡さない、と殺気を込めて。

しばらくにらみあう、両国のトップはやがて――。

「はっはっは。あなたにもお会いしたかったのだ、ギルハルト陛下！」

と、外交モードに入った。フェデリコ王子から差し出された手を、握《にぎ》り返して、ギルハルトもまたあからさまな作り笑いをした。

「ははは、こちらこそ。フェデリコ殿下！」

そして、振り返る。

「さて、ニコラウス・クヴェレ。申し開きはまた取り調べで聞くとしようか」

おごそかな宣告を受けた公爵の息子は、しばし呆然《ぼうぜん》としていたが、やがてくつくつ笑い出す。彼は憎しみを込めて、言葉を吐いた。

「……何もかも、おまえのせいだ、銀狼王……何が、狼神の末裔だ……おまえなんかがいるせいで……森には狼が野放しでうちは貧しい領地だし、お父様がおまえなんかを助けたせいで、クヴェレに関われば益を得られぬと国中の貴族に倦厭《けんえん》されているんだ……赤狼ごときに王位継承《けいしょう》？　笑わせるな、言語道断《ごんごどうだん》だ、このっ、薄汚い獣どもめ！　全部全部おまえたちのせいだからな……！」

八つ当たりであることは、誰の耳にも明らかだった。

冷ややかな目をしたギルハルトはかぶりを振り、アルフリードはそれに小さくうなずいて、ニコラウスの捕縛を部下に命じようとした、その時である。

広間の扉が開いた。姿を現したのは、クヴェレ公爵だった。

真っ青な顔色で、足取りもおぼつかない。周りの者たちが助けに駆け寄るいとまもなく、おのれの息子によろめくように駆け寄ると、彼は平手で息子を打った。

乾いた音が、広間に響《ひび》き渡る。

「おまえという奴は……森の衛士たる狼のおかげで、永く敵国に侵入《しんにゅう》されずに済んでいたのだぞ。それは、管理者たる我々クヴェレの使命でもあるというのに……！　陛下は国家の立て直しに奔走《ほんそう》し、アルフリード殿は、国境を護っている。それが……おまえはなんだ、ラケルタの間諜を引き入れ、あまつさえ傀儡《かいらい》となり、この領内だけでなく、陛下を暗殺し、宮廷にまで間諜を入り込ませようとしていたとは！　とんでもないことをしてくれた……恥を知りなさい！」

毒に弱った公爵は、膝をついて泣き崩《くず》れる。駆け寄ったアイリとギルハルトが、公爵の背を支えれば、公爵は、ギルハルトにすがりついて訴《うった》えた。

「このたびは、私の不徳のいたすところ、我が息子、いかようにもご処分を」

ギルハルトがうなずいたとき、ふと、アイリの視界に薬師の娘が、床に落ちた剣を拾い上げるのが見えた。

「いけない……！」

ロッテは剣を首に当て自害しようとしている。叫んで止めようとするが、間に合わない。

アイリの声にいち早く動いてロッテから剣を取り上げたのは、エーファだった。刃を握り血まみれになった薬師の手のひらを、すばやくエプロンで止血して手当する。

「放してください、死なせてください、私は銀の狼を殺す毒の生成に力を貸し、公爵様を毒で侵したのです。どのようにお詫《わ》びすればいいのか、私にはわからないのです……！」

血を吐くようなロッテの訴えに、ギルハルトが、公爵の傍らから立ち上がって言った。

「薬師のロッテよ。おまえへの罰は、この俺が決める。まずは毒を作ったおまえ自ら、公爵の解毒を、責任を持って行ってもらわねばならん。そして、銀の狼の妻の解毒を。双方、全回復するまで診ているように。それでいいだろうか」

問われたクヴェレ公爵が、静かにうなずきを返して言った。

「銀の狼もここに連れてきて、ここで看病を。朝晩、面倒を見ることができましょう」

マルコが、フリッツに支えられて前に出る。ロッテの目の前、彼は長い監禁《かんきん》でぼろぼろになったズボンの両膝《りょうひざ》をつくと額を床にこすりつけ許しを請《こ》うた。

「どんなことを言ったところで、キミの心に届かないかもしれないが……俺は、心からキミを愛していたんだ。どうか、一緒に罪を償《つぐな》わせてほしい」

マルコは見えない目をこらし、薬師の娘を見つめた。そして言う。弱った体で、しかし、しっかりとした声で。

「もしも許されるのならば……俺の残りの人生をかけ、キミの支えになりたい。俺のせいで巻き込んで、本当に本当に、申し訳ないことをした」

薬師の娘がマルコに抱き着いた。

「……駄目だ……ロッテ、俺、いま、汚《きたな》いから――」

気丈《きじょう》だった娘がマルコの胸にすがりつき、わんわん泣く。

マルコは恐る恐る彼女の背を抱きしめ返す。片や栄養失調で死にかけ、片や手のひらから血を流し、ぼろぼろのふたりは固く寄り添いあった。

アイリとギルハルトは視線を交わし、あらためてギルハルトはニコラウスへの沙汰《さた》を下すのだった。


マルコの入れられていた地下牢には公爵の息子がつながれ、明日には銀狼騎士に連れられて、王都へ移送されていく。


アイリとギルハルトはといえば、まだ王都に帰ることができず、ここにとどまる必要があった。

ギルハルトは、賢者の森周辺にひとつだけではない薬師の村すべてを行幸してまわり、アイリは、賢者の森の動物たちを撫でてやる、という約束を果たさねばならないのだ。

シロによると、アイリのなでなでを待ちわびる動物たちは、「水浴びして、清潔にして待ってます！」とのことだった。

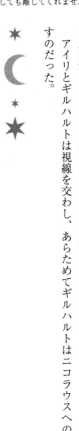

「一日で、終わるかしら……」

終わらないだろうな、とはわかっているけど、つぶやかずにはいられない。自分で約束しておきながら、予想外の数に及《およ》んだ動物大行進の規模を思い出し、遠い目をするアイリは夜空に光る星を眺《なが》めた。

ギルハルトは湯あみから戻ってきていない。

「王領地滞在中は、ギルハルトと同じ部屋で眠るんだよね……」

もうオオカミ耳は出ないのに。

そんな口実も必要がないくらいに、ギルハルトとの距離が近づいたということだ。彼の声、彼の体温を思い出してベッドの上、両足を引き寄せていると——。

「月の聖女、アイリ・ベルンシュタイン」

名を呼ぶ声に振り返れば、ベッドのヘッドボードに、白いフクロウが止まっていた。

「シロ。賢者の森に帰ったんじゃなかったの？」

「僕の帰る場所は、そんなところじゃない。魔界だ。なあ、アイリ。僕と一緒に、魔界に行こう。あなたと一緒なら、僕はきっと、どんな屈辱にも耐えられる」

誘う声は、切ない懇願《こんがん》だった。

「あなたのその才能を持って魔界に行けば、できないことは何もない。どこにだって行ける。王妃なんて、縛《しば》り付けられるだけの退屈《たいくつ》な身分だ！　せっかくの才能を生かせないなんて、どうかしている。湖の力を得た銀狼王は、もう獣性《じゅうせい》があらわになることもない」
役目は終わったんだ、と、声ではなく、頭に直接語りかけてくる。
銀狼王は、あなたを必要としない。さあ、行こう、あなたを必要としている場所へ
……！
遠く、森が騒《さわ》いでいる。
いにしえの約束がアイリを誘い、フクロウの金色の瞳が望月《もちづき》のごとく輝いた。
開け放たれた窓から吹き込む風が、あやしく歌う。
さあ、さあ、早く、行こう！
おまえの新たな役目を果たしに――！
ごうごうと吹き込む風の乱舞《らんぶ》に、アイリがベッドから立ち上がろうとした、その瞬間《しゅんかん》、
ガッとフクロウの首を捕まえる男の手が、そのまま窓の外へとシロをぶん投げた。
「何をする！」
必死に羽をはばたかせて宙にとどまったシロは怒りの声を上げる。
怒りに銀色の瞳を燃えたぎらせたギルハルトが、アイリを片腕《かたうで》に抱きしめて、言った。
「アイリは俺の妃だ。相手が誰であろうが、何であろうと、絶対に渡さない」
「それを決めるのはアイリだ」
鼻で笑ったシロのどこか余裕《よゆう》に満ちた反論に、応えたのはアイリだった。

「ええ、シロ。決めるのは、私。あなたとは一緒に行かない。そんながっかりした顔しないで。私に幻術《げんじゅつ》が効かなかったからって」

夜着の上に羽織ったガウンの裾《すそ》をまくれば、アイリの腕には、あの腕輪がはまっている。

魔よけの木の根が使われた、破魔《はま》の効力も持つ腕輪が。

「っ、……余計なことを教えたようだな」

「ううん、余計なんかじゃない。感謝してる。シロにはたくさん助けられたし、もっといろんなことを教わってみたかった。少しの間だけど、一緒に過ごせて楽しかった」

「それならば……」

「私はシロとは行けない。ギルハルトとの、一番大事な約束があるから」

アイリは、晴れやかに笑って言った。

「さようなら、シロ。サイラスさんに何か伝えることがあるなら教えて」

「…………。何がハッピー☆宮廷ライフだ、宝を持ち腐《ぐさ》れさせるとは。愚か者に伝えておけ。『貴様、一度、賢者の森に来い。《森の賢者》の権限で特別に許してやる。月の聖女の扱いが目に余るから、彼女にふさわしい環境《かんきょう》作りを徹底《てってい》して教えてくれる』ってな！」

シロは、ぷりぷりしながら賢者の森に向けて飛んで行った。

「……油断のできない鳥野郎だな……」

ギルハルトの安堵の息が聞こえる。どうやら緊張《きんちょう》に息を詰《つ》めていたようだ。

「ありがとうございました、ギルハルト。シロを放り捨ててくださって。私、少し幻術にかけられかけていたみたいで」

「なんだと？　じゃあ、あの腕輪を見せたのは」

「ハッタリ、です。シロに対して、私にはギルハルトを護る力があると、見せつけておきたかった」

ハッタリ。身に覚えのあるギルハルトは、ぶふっ、と笑いを漏らした。

「さすがは俺の妃。とんでもない胆力《たんりょく》だ」

「ええ、あなたの妃ですから。……サイラスさんには、シロの危険性がわかっていたんだと思います」

自分が決して及ばない力を持っているものの脅威《きょうい》を。

「シロは……やろうと思えば、本当にギルハルトを殺すことができると思います」

シロは異界の民《たみ》だ。彼が従うのはルプス国のルールではない。バランサーとしての大義《たいぎ》さえあれば、王であろうが庶民であろうが関係がない。

だからアイリは、自分には魔術――そちら側のルールでの対抗《たいこう》策があるのだと、彼に印象付けた。魔眼《まがん》が発揮されて短い期間であるものの、レクチャーを受けた今、アイリにもあの少年の脅威がわかる。

大義をこじつけてでも、捏造《ねつぞう》してでも、シロはアイリを奪おうと思えばできていた。

危《あや》うい綱渡《つなわた》りを乗り切ったことを、自分の中にある力に気づいていなければ、知ることはなかっただろう。

それだけに、今、ギルハルトの隣にいることが奇跡《きせき》のようだ、とアイリは思う。

他の誰でもない。自分で選んだ。

「ギルハルト……私も、あなたを離しません」

藍色のまなざしには一片《いっぺん》の迷いもなくて。ギルハルトは少し寂しそうに言った。

「おまえは、あっという間に強くなる。いや、出会った日から、豪胆《ごうたん》な女だとはわかっていたが……つくづく俺には、過ぎた妃だ」

ギルハルトが伸ばした手をアイリが取れば、優しく引き寄せられて互いが互いの腕の中に納まった。背に手を回し、固く抱きしめ合う。

あんなにも自信満々に啖呵《たんか》を切っておいて、ふたりとも手が震えていた。

――もう、ギルハルトは、オオカミ耳が出ないから私を必要としない？

――アイリは、本当は月の聖女として才を発揮できる場所に行きたい？

互いに疑念を言葉にはしない。代わりに問う。

「おまえは、俺のオオカミ耳をかわいいと言ってくれたよな。おそらく、もうあの耳が出ることはないが……出る俺の方がいいだろうか？」

「いいえ。かわいらしかったですが、ギルハルトはギルハルトですから。私、ルプス国の

ために、賢者の森で魔術を勉強させてほしいと、シロにお願いした方がよかったですか？」

「冗談じゃない。おまえは魔女ではなく、この俺の妃だ。おまえのおかげで、俺は俺でいられるんだ。どこかに行くなんて……俺を置いていくなんて、頼むから言わないでくれ」

「言いません」

「本当に？」

「何に誓えば信じてもらえますか？」

「そうだな……」

ギルハルトは、アイリの唇《くちびる》に口づけを落とした。

「このキスに誓ってくれるか」

アイリは笑みを浮かべ、うなずく。

「ええ。このキスに誓いましょう」

「おまえを決して離さない……」

ふたりが交わし合う愛を邪魔するものは、もう何もなかった。

――終　今日からは本物の

その日、ルプス国王とその妃《きさき》の華燭《かしょく》が国を挙げて盛大《せいだい》に行われた。

王宮の大広間で行われた宴《うたげ》の席、ウェディングからお色直しのドレスに身を包んだアイリは、礼装姿のギルハルトのエスコートでルプス国中だけでなく、諸国から集まった貴顕《きけん》に対し挨拶《あいさつ》してまわる。

そこには、イェルク三兄弟の姿と、フェリス国第一王子の姿もあった。

にこにこして手を振《ふ》る次男のユリアンが、アイリの晴れ姿に感嘆《かんたん》の声を上げた。

「アイリちゃーん、さっきのウェディングドレスも素敵《すてき》だったけど、そのドレスもアクセサリーも、瞳《ひとみ》の色に合ってて綺麗《きれい》だね！　あ、うちの末っ子もいるんだよ。寝《ね》たり起きたりだったのに、アイリちゃんとシロの薬のおかげで起きていられるようになったんだ。今日はこうして式に列席までできて……ほらほら、ご挨拶して！」

ふたりの兄によく似た赤毛に、緑色の瞳の少年は、はにかんで挨拶する。アイリが笑顔《えがお》で応じていると。

「陛下と妃殿下《ひでんか》には、お礼の言葉もありません……」

なんらかの感情をこらえるように、奥歯《おくば》を食いしばりながら頭を下げたのは、長兄《ちょうけい》アルフリードだ。末弟《まってい》の快調に歓喜《かんき》余っているのかと思いきや。

隣《となり》で、ユリアンがくすくす笑っている。

「さっきね、アイリちゃんお手製の焼き菓子《がし》が振る舞《ま》われたんだけど、あんなにたくさんあったのに、兄さんの目の前にあるお皿の焼き菓子、あっという間に空になっちゃって！大変だったんだよー？」

「このクッキーモンスターめ、他の招待客が泣いていたぞ。月の聖女のお手製菓子は評判だからと、楽しみにしてた者が大勢いたという話ではないか」

ニヤニヤ笑いながらフェデリコ王子に揶揄《やゆ》されたアルフリードは、両手で真っ赤になった顔を覆《おお》った。

「………申し訳、ありませんっ、妃殿下……！」

小さくなって平身低頭するゴーレムのごとき屈強《くっきょう》な騎士《きし》団長に対して、アイリは慌《あわ》てて手を振り、フォローした。

「だ、大丈夫《だいじょうぶ》ですよ！　厨房《ちゅうぼう》には寝かせている生地《きじ》が、まだあるんです！　急いで焼いてお出しするようエーファさんにお願いしておきますから！　ね？」

そのエーファはと言えば、アイリの婚姻《こんいん》の日が無事訪《おとず》れたことをむせび泣いて喜び、

地味騎士フリッツは彼女にハンカチを渡《わた》してなぐさめる。

彼らの元締《もとじ》めサイラスは、無表情に手に持った籠《かご》から薔薇《ばら》の花びらを撒《ま》いていた。

「陛下。祝宴《しゅくえん》の場です、ここぞとばかり最高にハッピーでなければならないのですから、妃殿下を取り巻く男性に射殺すような、威嚇《いかく》の視線を向けるのはおやめください」

「……向けていない」

「では、嫉妬《しっと》のまなざしを向けるのは」

「向けてないっ」

声を抑《おさ》えて交《か》わされるギルハルトとサイラスのやりとりに、アイリが振り返る。

「なんのお話をしておいでですか？」

自慢《じまん》の妃に対して、銀狼《ぎんろう》王は幸せなほほえみを返した。彼女を腕《うで》の中に納めて軽々抱《だ》き上げると、くるりと一回転する。

舞い踊《おど》るドレスの裾《すそ》が広がれば、まるで鮮《あざ》やかな花が開くようだった。あでやかな光景を目《ま》の当たりにした会場中が、わっと沸《わ》き立つ。

アイリもまた、花がほころぶように幸福な笑《え》みを浮《う》かべると、ギルハルトはその唇《くちびる》に愛情深くキスをしてささやいた。

「それはふたりきりのとき、たっぷり教えるとしよう」

臣民《しんみん》から祝福を受け、銀狼陛下の身代わり婚約《こんやく》者は本物の王妃《おうひ》となった。

狼神《ろうしん》の末裔《まつえい》の王は、彼女と共によく国を治め、やがて賢者《けんじゃ》の森での月の聖女の活躍《かつやく》は、後世に語り継《つ》がれる伝説となる。

ふたりの仲睦《むつ》まじさは国外にまで知れ渡るのだった。

終

あとがき

本作をお手に取っていただき、心から嬉《うれ》しく思います。くりたです。

作品にも、作者にも、色々なことがあったのですが、おかげさまで無事に最終巻を出させていただくことができました。本当にありがとうございます！

深い感謝とともに、もうひとつお礼を。当作、読者様のお力で、「次にくるライトノベル大賞２０２２」ノミネート作品になったとのことで、重ねてありがとうございます。

当作のコミカライズも単行本が好評発売中！　ぜひぜひみなさまの目でご覧になってください。コミカライズ担当のみやの先生が、かわいらしくて格好よくて愉快《ゆかい》でゴージャスで、アイリもギルハルトもサイラスたちも大変魅力《みりょく》的に描《か》いてくださっています。


最終巻となりますので、本編で書ききれなかった脇《わき》キャラのこぼれ話を少しだけ。
・サイラス→母が人間界を頻繁《ひんぱん》に訪《おとず》れていたせいで異界の門が開けっ放しに……その影《えい》響《きょう》で、同時期に生まれたギルハルトは人狼《じんろう》の血が濃《こ》く発現してしまった、という設定。献身《けんしん》の理由は王がああなったのは自分（と母）に責任があると深層で思っているから。
（ギルハルトが知ることはない）
・エーファ→一巻にて編集さんと協議の末、個性（名前）をつけることに。仕えるのが妹のクリスティーナじゃなくてよかった～！　という安堵《あんど》の反動でアイリ過激派に。
・フリッツ↓エーファに付き合い切れるのは自分だけ、と勝手に自負している。
・シロ↓友達はいないがユリアンとは波長が合った模様。性格に難アリという自覚がない。
・ユリアン↓ブラコンを隠《かく》さない。周りの騎士《きし》は慣れた。性格に難アリという自覚がある。
・アルフリード↓幼少期騎士修業《きししゅぎょう》にて親元を長く離《はな》れていたため、母の菓子《かし》を食べそびれ、甘味《かんみ》に対して異常に卑《いや》しくなってしまった。（本人は深く恥《は》じるが、周りにとってはほほえましい）

イラストのくまの柚子《ゆずこ》先生、担当していただけましたこと心より幸運に思います。ビーズログ文庫編集部様、ふざけずにいられない病を罹患《りかん》している作者に一貫《いっかん》してコメディ作品を書き続けることをお許しいただき、感謝の言葉もありません。

何よりも誰《だれ》よりもここまでお付き合いくださった読者様に最大の感謝を、捧《ささ》げても捧げ足りません。あなた様がいらしたからこそ、ここまで書き続けることができました！

この数年、健康が大事と痛感することが何度もあり、担当編集さんにご迷惑《めいわく》をおかけしたこともありました。つきなみにはなりますが、読者様におかれましては、心身ともにご自愛をと願っております。それではお名残惜《なごりお》しいですが、この辺で失礼します。

くりたかのこ

■ご意見、ご感想をお寄せください。
《ファンレターの宛先》
〒102-8177 東京都千代田区富士見 2-13-3
株式会社KADOKAWA ビーズログ文庫編集部
くりたかのこ 先生・くまの柚子 先生

ビーズログ文庫

●お問い合わせ
https://www.kadokawa.co.jp/（「お問い合わせ」へお進みください）
※内容によっては、お答えできない場合があります。
※サポートは日本国内のみとさせていただきます。
※Japanese text only

身代《みが》わり婚約者《こんやくしゃ》なのに、銀狼陛下《ぎんろうへいか》がどうしても離《はな》してくれません！3

くりたかのこ

2023年 1月15日 初版発行

発行者　山下直久
発行　株式会社 KADOKAWA
〒102-8177 東京都千代田区富士見 2-13-3
（ナビダイヤル）0570-002-301
デザイン　島田絵里子
印刷所　凸版印刷株式会社
製本所　凸版印刷株式会社

ISBN978-4-04-737328-0 C0193

定価はカバーに表示してあります。
◇◇◇